Bacteriën moeten ook leven

Youp van 't Hek

Bacteriën moeten ook leven

2008
Uitgeverij Thomas Rap
Amsterdam

Voor mijn neef Benjamin

Inhoud:

Voorwoord

Is de column nou mijn hobby, mijn werk of is het mijn maatschappelijke plicht? In overmoedige en zware buien denk ik wel eens het laatste, maar het is natuurlijk gewoon het eerste en het tweede. Hobby en werk. Wat het inhoudelijk is? Vrolijk terugkijken op de week en alles wat me iets te ijdel, dom of hebzuchtig was afstraffen. Iemand vrolijk op zijn of haar nummer zetten. Is leuk om te doen. Wanneer ik zelf tevreden ben? Nooit. Soms een beetje als ik via via hoor dat het slachtoffer een tijdje jeuk had.

Ooit ontmoette ik na een voorstelling een bekend politicus, die mij vertelde dat hij jaren geleden van een bepaalde column van mij veel last had gehad.

'Dat was ook de bedoeling,' kon ik de man oprecht meedelen en dat meende ik ook. Buiten de grap wil je natuurlijk wel degelijk iets vertellen, raken, losmaken. Opeens kreeg ik na de bekentenis van de politicus nog meer lol in het schrijven. Maar of dit nou mijn motief is? Eerlijk gezegd weet ik het niet zo goed.

Toen ik vier jaar geleden vijftig werd sprak Johan

Cruijff mij op een feestelijke bijeenkomst via een videoscherm toe. Hij feliciteerde me met mijn verjaardag en zei dat ik een handig mannetje was. 'Iedereen voor lul zetten en daarmee je zakken vullen. Dan heb je het toch slim gedaan,' waren zijn wijze woorden, die al mijn vrienden hard aan het lachen maakten. Ik moest ook lachen. Toen en nu nog steeds. Ik wens u veel plezier met het lezen van mijn *maatschappelijke plicht*!

Amsterdam, najaar 2008
Youp van 't Hek

AdiJos

Bij ons komt op donderdag de vuilnisman. Meestal om een uur of negen 's ochtends. Afgelopen donderdag was hij er al om zeven uur. De helft van de gracht had zijn vuilniszakken toen nog niet buitengezet en op het moment dat ze dat wel deden waren ze dus te laat. Ondertussen liep er een nerveuze man over de gracht. Zo'n gozer met zo'n oortje. Beveiligers hebben dat ook vaak. Dit was een gemeenteoortje en ook nog eens een ambitieus gemeenteoortje. Hoe die zakken daar kwamen?
'Die hebben wij net buiten gezet,' zeiden mijn buren.
'Die zakken moeten weg want de vuilnisman is al geweest!'
'Dan was ie te vroeg en moet hij nog maar een keer komen,' opperden mijn buren. Met ambtenaren die te vroeg komen kun je nou eenmaal geen rekening houden. Zeker niet in Amsterdam. Het oortje schreeuwde iets in een onzichtbaar microfoontje en gaf opdracht om met spoed een tweede vuilniswagen te sturen. Onderhand reed een colonne veegwagens de gracht op. Voor die optocht liepen een stuk of wat ouderwetse

straatvegers, die elk blaadje, stokje of snippertje naar het midden van de weg veegden. Een van de veegwagens zou het opslurpen. De gracht moest brandschoon zijn.
Ook sjouwden er opvallend veel *provincio's* over de gracht. Types die normaal de weg naar de Huishoudbeurs vragen. Veel bebrilde dames van een jaar of zestig met zo'n mutsig rugzakje. Er liepen ook enkele mannen bij. Mannen van het type dat mee moet van hun vrouw. Je ziet ze ook bij de concerten van Rob de Nijs. Deze mensen gingen kistje kijken. Het kistje van Jos. Jos was namelijk dood en er was een dienst in het naast mijn huis gelegen partycentrum *De Duif*, dat ook heel soms als kerk wordt gebruikt. Terwijl ik meewarig het schoonmaakcircus aanschouwde dacht ik: veel heisa voor een dooie quizmaster en moest lachen om het feit dat die rare Brink dit allemaal voor elkaar gekregen had.
Ondertussen kwetterde het oortje dat de gracht schoon moest zijn omdat de gracht op televisie kwam. Landelijk nog wel. En Amsterdam had volgens het oortje al zo'n slecht imago. Even later reed er een vrachtwagentje met daarop een berg fietsen langs. Ik vroeg me af of die waren losgeknipt in verband met Jos. Dat doen ze ook altijd als Trix de stad bezoekt. Dan spuiten ze ook alles schoon en knippen ze fietsen van de brugleuningen. Trix heeft geen idee hoe de stad er echt uitziet en welke chaos er in haar hoofdstad heerst.
Ondertussen nam ik plaats achter mijn bureau op drie hoog, zodat ik goed zicht zou hebben op de stoet aan

de overkant. Bij het partycentrum dromden de huishoudbeursbezoekers samen. Die zullen straks wel gaan klappen, dacht ik. Toen het zover was deden ze dat ook. Wat is het leven toch voorspelbaar saai.

De stoet was mooi en sober en het was vooral aandoenlijk om te zien hoe de fotografen renden om de bedroefde weduwe Frank goed in beeld te krijgen. Wat een vak. Zo godvergeten schaamteloos. Dan ben je dus op het dieptepunt van je verdriet en dan moet je dat delen met roddelbladenlezers en televisiekijkers. En dat fotogajes maar hopen dat je gaat janken. Het schijnt dat Jos het zo wilde.

Na twee uur was het allemaal voorbij en ging het circus naar het kerkhof. Ik vroeg me af of Jos zat te genieten vanaf een wolk. Zoveel heisa en allemaal voor hem. Je leven spelen tot in het kuiltje.

En nu? Nu niks. De gracht is weer de gracht. Alweer bijna net zo smerig als anders. En Jos? Jos is uit de buurt verdwenen. Vond hem in die achttien jaar dat we bijna buren waren altijd een aardige man. Sprak hem wel eens bij de groenteman, de sigarettendames op de hoek of bij de Albert Heijn. Kende zijn werk niet of nauwelijks. Andere golflengte.

Begrijp de laatste dagen dat hij veel betekend heeft voor velen. Hij werd oprecht geroemd door al zijn vrienden en zijn fans. Het is ook een man die je het beste gunt. Bijvoorbeeld een hemel waarin blijkt dat god een nicht is. Een nicht met humor. Wat zullen ze daar dan samen schateren.

Wissewasjes

Op de computer van zijn moeder! Huilend van het lachen hingen we bij ons thuis over de televisie en gierend van de oranjepret lazen we elkaar het krantenbericht voor de tiende keer voor. Dat de schat op *Wikipedia* een beetje zijn eigen geschiedenis zat bij te vijlen was tot daar aan toe, maar dat hij het op de computer van zijn moeder had gedaan... Dan ben je toch echt een tweedehands trut. Een mietje van de bovenste plank. De computer van zijn moeder! De moeder die ooit nog een persbericht liet uitgaan dat haar zoon geen homo was. Vervolgens kwam hij, om dat te bewijzen, met een redelijk ambitieus compensatieteefje op de proppen. Een zekere Mabel, die in het Gooi, Amsterdam-Zuid en Brussel gold als een starfuckertje bij uitstek. Ik vrees dat dit listige gangstermeisje achter deze witwisactie zit. Zij zou tot tweemaal toe het woordje *onjuiste* eruit hebben gehaald. Zo grappig dat de schat van haar eigen naam *Wisse Smit* heet. Sommige dingen verzin je als cabaretier zelfs niet. Nomen est Omen.

Vanavond moet ze op het verjaarsfeestje van haar zwa-

ger Alex op paleis *Het Loo* rondhangen. En maar lachen naar de andere gasten. En met die Gooise tongval maar roepen dat alles prima is. Terwijl alle tweehonderd feestgangers haar natuurlijk vierkant uitlachen. Ik denk dat ze bij het souper naast Prins Laurent van België wordt gezet. Het loserstafeltje bij uitstek. Wie weet schuift ook een dronken Camilla uit Engeland nog even aan. Die had dit weekend ook opeens zomaar even niks te doen. Ik hoop dat ze uitgebreid over wijlen Prins Bernhard babbelen. Die had gewoon gezonde schijt aan de poppenkast. Als Benno tijdens zijn leven had moeten schrappen in zijn Wiki-profieltje dan had hij de hele dag achter de computer moeten zitten. Onze Duitse anjerboy sjouwde zijn leven lang achter zijn eigen Koninklijke Hoogheid aan, verwekte er sowieso twee bastaarddochters mee en propte zijn uniformzakken overvol met onder andere Lockheedgeld. En hij nam geen woord terug van zijn gesjoemel. Hij gierde het op zijn sterfbed uit van de pret. Als hij vanuit de hemel die Friso en zijn meisje achter die computer ziet modderen dan springen de tranen in zijn ogen.
Opeens zie ik Henk ten Cate diep in de nacht het bejaardenhuis van zijn oude moedertje binnen sluipen. Op zoek naar de internetplek van de oudjes. Henk wil even de vernederingen van Ajax tegen de amateurs van Kopenhagen en Slavia Praag op de Wiki wissen. Want dit is toch een regelrechte blamage voor een zogenaamde toptrainer. Na deze resultaten kan hij hooguit nog coach worden bij de pupillen van SDO.

In de gang van hetzelfde huis ontmoet hij de voormalig ijsjesverkoper Maarten Fontein, tegenwoordig financieel directeur van de Amsterdamse tobclub. Maarten fluistert dat hij ook even zijn profiel moet bijstellen. Hij heeft namelijk ooit verklaard dat hij op de resultaten van de club afgerekend mag worden en dat wil hij graag even veranderen.
Achter Maarten staat een zenuwachtige Ajax-voorzitter John Jaakke, wiens moedertje toevallig in hetzelfde huis woont. John wil op de Wiki veranderen dat hij zijn goedkeuring gaf aan de huidige rouw-outfit van de trainersstaf. Ten Cate en zijn assistenten lopen dit seizoen volledig in het zwart. Zo stort je je club toch in het ongeluk. Die kinderachtige stropdas met de geborduurde nummer 1 was twee jaar geleden al hilarisch, maar dit is zeker net zo grappig. Dit nog buiten het feit dat de combinatie *jodenclub* en *zwarthemd* even bijzonder als curieus genoemd mag worden. Ik vind het knap dat niemand bij Ajax die associatie gelegd heeft.
Achter John staat de baas van ABN AMRO. Ook zijn moeder slijt haar laatste dagen daar. Hij rommelt op de computer van de vrouw die hem bij zijn geboorte zonder enige ironie de naam Rijkman gaf. Hij moet even wijzigen dat er door zijn wantrouwige klanten op dit moment niet vijf maar vier miljard per week naar de Rabobank wordt gesluisd. Nog acht weken en de bank is leeg. Dan wordt hij op de sloop opgekocht door Scheringa en vindt er een huizenruil plaats. AZ in de Arena en Ajax met zijn autistische houthakkersteam in Alkmaar.

De regerende leugen

Het was een roerig showbizzweekje. Linda de Mol en haar man zijn uit elkaar en Rabo-babe Fatima de Hela de Hola doet het sinds kort met de tennisser Raemon Sluiter. Het schijnt dat Faatje, zoals het hockeymeisje liefkozend wordt genoemd, thuis nog een meneer had zitten en die meneer is inmiddels op televisie geweest om tegen Albert Verlinde zijn gal te spuwen over zijn overspelige meisje.

Dat is echt heel aardig van Albert dat hij die man de kans geeft om het hele Nederlandse volk te laten delen in zijn malaise. Dat is toch echt smullen voor het grauw dat op dat moment achter zijn varkenskarbonaadje met kruimige piepers zit. Albert is eigenlijk te goed voor ons. Zo lief dat hij Nederland informeert over deze zaak.

Als ik die meneer van Faatje was zou ik niet wanhopen. Ze komt wel weer terug. Die liefde is een gezonde bevlieging en duurt niet lang. Die Sluiter is nog nooit door de eerste ronde gekomen. Maar wil Faatje terug bij een man die zijn zorgen deelt met de roddelnicht Verlinde?

De zaak Linda is interessanter. Veel mensen vonden haar als Zomergast een nogal oppervlakkige muts omdat ze niet het achterste van haar tong liet zien. Ze probeerde dat een aantal malen uit te leggen. Ze trachtte die Joris Luyendijk duidelijk te maken wat het betekent als je beroemd bent. Wat het met je doet als volwassen mensen in de mast van hun bootje klauteren om bij jou in de tuin te kunnen kijken. Ze woonde ooit een tijdje aan het water.

Elk woord dat ze waar dan ook zegt wordt door de roddelmaffiosi opgeblazen tot zeven pagina's, dus is ze op haar hoede. Op het moment dat ze in de VPRO-studio zat was haar man zijn koffers aan het pakken.

Had ze dat met het volk moeten delen? Is dat het achterste van je tong laten zien? Is er geen verschil tussen de VPRO-kijker en de *Privé*-lezer?

Wat ik van Linda als zomergast vond? Ik vond het saai, maar ik vind Linda altijd saai. Behalve in *Gooische Vrouwen*, een van de grappigste televisieseries ooit. Ik begreep Linda heel die avond bij *Zomergasten* goed omdat ze inderdaad geen kant op kan. Ze is van het volk en van welk volk? Het klootjesvolk. Dat is de prijs die je betaalt als je zoveel jaar oerdomme programma's hebt moeten presenteren. De tol van de roem. Onderhand is ze de gijzelaar van haar eigen populariteit. Maar het volk vreet het. Het volk vreet namelijk alles.

Steeds verbaasder kijk ik naar de wereld. Terwijl ik dit tik brandt op mijn televisie het teletekstbericht dat de ouders van de vermiste Madeleine van getuigen tot

verdachten zijn gepromoveerd. Zullen ze als u dit leest al een bekentenis hebben afgelegd? Er staat expliciet bij dat ze nog niet in staat van beschuldiging zijn gesteld. Stel dat het waar is, dat die ouders te maken hebben met de vermissing en misschien wel de dood van hun kleuter, dan wordt het toch een zeer interessante zaak. Die tournee langs alle landen, de miljoenen die allerhande wereldsterren hebben gestort, de wanhoop van het stel. Curieus.
Of ik verbaasd ben? Nee! Op de een of andere manier voelde ik aan mijn water dat er iets niet klopte. Ze waren me te fel, te doortastend voor wanhopigen. Aan de ene kant hoop ik dat het niet zo is en dat de ouders inderdaad gewoon slachtoffers zijn. Het mooiste zou zijn als ze het meisje vandaag of morgen levend in hun armen kunnen sluiten, maar ook nu zegt mijn water dat dat valse hoop is. Voor de schrijvers en de filmmakers is het een schitterend verhaal als de ouders uiteindelijk bekennen en worden veroordeeld. Zullen heel wat psychologen in de toekomst op promoveren. De leugen heeft lang geregeerd.
Over liegen gesproken. Pronk gevolgd? Noemt hij Balkenende volkomen terecht een leugenaar en neemt hij het binnen een dag weer terug. Waarom? Politiek foutje. Had ik vierentwintig uur mijn geloof in de politiek terug. Wat een slappe zak, die Jan Pronk. Niet schrikken, Jan. Ik neem het volgende week terug.

Rita

‘Natuurlijk had ik dat laatste wijntje niet meer moeten nemen, maar ik dacht: een besloten etentje met wat Utrechtse vastgoedboeren, kan mij het schelen... en je kent me, dan ga ik los... als een Harry van Bommel op schoolreis in Jordanië... dan word ik overmoedig en ga ik domme dingen zeggen... hoewel dom?
Ik sprak gewoon de waarheid, precies wat alle dronken mensen doen en voor ik het wist flapte ik het eruit over die onzichtbaarheid van Rutte... ik vertel toch niks nieuws... het kwam ook nog eens door een gesprekje dat ik in de bar van het restaurant had gevoerd... een van die makelaarstypes vroeg tijdens de borrel iets over Rutte... of ik dat watje zo langzamerhand niet zat was en of ik me niet vergadering op vergadering zat te verbijten als die chronische kat in het nauw aan het woord was en ik vertelde de man dat chronische kat in het nauw een goede omschrijving was, niet slecht voor een makelaar en dat ik steeds meer ging zwijgen tijdens de vergaderingen, dat ik steeds vaker zat te dagdromen van een nieuwe partij, liefst een nieuwe VVD en dat

mijn dagdromen zijn blik alleen maar angstiger maakten en dat ik daar dan weer meer lol in kreeg... ik genoot zo van die onzekerheid van die melkmuil... hij deed zo wanhopig zijn best om de politiek leider uit te hangen, maar hoe meer hij zijn best deed, hoe sneuer het werd... zowel intern als naar buiten... en hoe meer ik zweeg hoe harder hij transpireerde... soms riep hij: "Zeg jij nou eens wat, Rita" en dan stond hij met die gutsende oksels te stamelen... aandoenlijke jongen, maar zo tragisch... Wat ik dan zei? Niks. Of ik zei dat als hij zo transpireerde zijn moeder weer een hoop te wassen had... en daar kon hij dan weer niet om lachen. Humor is niet zijn sterkste kant. Vraag me sowieso af wat überhaupt zijn sterkste kant is... zullen we zeggen dat hij inzicht heeft... inzicht en zelfkennis... dat hij al die maanden heel goed snapte dat hij het wandelende compromis van de partij is en dat hij dag in dag uit met de natuurlijke leider van de VVD aan tafel zat en dat ik hem minachtte, minachtte en gedoogde omdat ik wist dat er een dag zou komen dat ik hem van tafel zou vegen... zou blazen... gewoon een kwestie van systematisch treiteren, zachtjes zagen aan de vermolmde stoelpootjes... eerlijk gezegd had ik hem nog wel wat maanden langer willen plagen, maar ik zag dat hij dat niet volhield. Ik wist niet dat ik het in Utrecht definitief zou afmaken, ik vond het zelf een onschuldige opmerking en nogmaals aan een besloten dineetje, dus... maar het is goed zo. Ik ga lekker voor mezelf beginnen en bij de eerste de beste verkiezingen verdelen Geert en ik de VVD. Ik denk dat ik de grootste van ons tweeën word omdat ik ook nog wat kiezersvolk van die opgeblonde Limbo pak. De VVD blijft een D66-achtig splintertje onder leiding van de *one and only* Rutte. Samen met die enge Van Baalen vormt hij de fractie. Die laatste heeft spijt dat hij iets te vroeg riep dat hij bleef. Van Baalen doet zijn naam eer aan. Of het erg is dat de VVD verdwijnt? Ben je gek. Ingehaalde bejaarden. Ze golfen bijna allemaal.

Tijdverdrijf van de vorige eeuw. Zo gaat de PvdA ook verdwijnen. Alleen nog bezig met intern geneuzel. Ik heb burgemeester Cohen horen zeggen dat een toerist drie dagen moet wachten tot hij zijn zweefchampignons mag bestellen. Dan ben je toch niet van deze tijd? De meeste toeristen komen maar een uurtje en vertrekken met een ons weed en een kilo paddo's voor de hele buurt. Die gaan echt niet drie dagen op de stoep van de smartshop zitten zingen. Weet je wat lachen wordt? Het VVD-congres in Veldhoven. Al die blazers in paniek, terwijl Mark een laatste poging doet om de leider uit te hangen. Zielige vertoning.

Ik ben er niet bij. Ik ben eruit geflikkerd en volkomen onterecht, maar ik zeur daar niet over. Dat is het leven. Ik heb zelf zoveel mensen onterecht het land uit gelazerd dat ik daar nu zelf niet over moet zeuren...'

Klas 3 Aha

Drie leerlingen van het Stedelijk Gymnasium in Nijmegen zijn geschorst omdat ze een filmpje op het internet hebben gezet. En wat voor filmpje! Een filmpje dat draait om een lerares die voor klas 3H van deze school staat en die, elke keer als ze zich omdraait om iets op het bord te schrijven, niet doorheeft dat er een leerling lachend door het raam naar buiten verdwijnt. Grappig? Zeer grappig. Vooral omdat de beetje oenige schat echt niets in de gaten heeft. Ze staat suf te krijten en heeft geen idee wat er achter haar rug gebeurt. Hoeveel kinderen er ontsnappen? Vijftien! Een respectabel aantal in een uurtje van vijftig minuten. Ze eindigt in een bijna geheel leeg klaslokaal. Een jaloersmakende kinderstunt. De rector van het gymnasium heeft verklaard dat hij de grap van het voorval nog wel in kan zien, dat hij het ook niet erg had gevonden als het filmpje binnen de school had gecirculeerd, maar nu het op het internet te bewonderen is, staat de lerares in kwestie lelijk te kijk voor de hele wereld. Je hoort de zalvende toon: papa is niet boos, maar wel verdrietig! En je ruikt de margarinegeur uit zijn boterhammentrommeltje.

Man, denk na: dit is toch gewoon *vet lachen* om in het jargon van de kinderen te spreken. Het is toch een geuzendaad om deze grap via You Tube de wereld in te donderen. Het is 2007! De lerares wordt toch niet geslagen of geestelijk gemarteld? Mijn hele middelbareschooltijd heb ik me afgevraagd of leraren zelf ooit gestudeerd hadden. Waarom zijn leraren vaak van die zure zeikerds? Dat dacht ik toen ik jong was en nu, veertig jaar later, denk ik het meer dan ooit. Ik vrees dat de schade voor de lerares beperkt had kunnen blijven als de rector hard had gelachen om het onschuldige voorval en over was gegaan tot de orde van de saaie doordeweekse dag, maar dat hij er nu voor zorgt dat heel Nederland massaal afstemt op het bewuste filmpje op You Tube.

Ondertussen is in hetzelfde dorp Nijmegen nog een leerling van een andere school geschorst omdat ook hij een baldadig kattenkwaadfilmpje op het net had gezet. Het gaat hier om een gefilmde race van een paar jongens op bureaustoelen. Het filmpje stond er overigens al maanden op. We hebben het nu over het Canisius College. Hier komt een conrector aan het woord en hij vertelt serieus dat het verboden is om te filmen binnen de school en dat de filmer dit verbod heeft overtreden. En dan moet hij maatregelen nemen.

Ik vrees dat deze conrector van het Canisius inmiddels contact heeft gehad met de rector van het Stedelijk en dat de heren elkaar uitgebreid gefeliciteerd hebben met elkanders kordate optreden. Rector Ronald van Bruggen en conrector Ton Reijnders worden dit weekend door al hun vrienden gebeld en beiden geprezen om hun opvoedkundig inzicht en hun doortastende optreden. Ik denk ook dat ze komende week veel aanbiedingen zullen krijgen. Dat Mark Rutte een beroep op de mannen gaat doen. Of zij de orde binnen de VVD willen herstellen. Minister Van Middelkoop wil ze op de Talibaan zetten, Balkenende heeft ze nodig om Wilders te heropvoeden en de voetbalclub Heerenveen vraagt ze voor de muitende Alves.

Dit soort leraren moet je koesteren. Echte kerels die keihard afrekenen met de leerlingenhumor. Goed zo jongens! Prachtig gedaan. Ik denk dat jullie echtgenotes trots op jullie zijn en dat jullie dit weekend beloond worden met heel veel extra seks. Welke vrouw wil niet bodemloos met zo'n held naar bed?

Beide mannen melden zich aanstaande maandag afgepeigerd op hun scholen en moeten zich worstelen door een massa jonge vrouwen die iets met ze willen. Iets? Alles. Ronald en Ton: bedankt! Maandagavond zijn jullie te gast in *De Wereld Draait Door* en dan mogen jullie meteen doorlopen naar *Pauw & Witteman*. Jullie zijn top! Echte ouderwetse jongens van Jan de Witt! Maandagochtend krijgen jullie een staande ovatie in de lerarenkamers! En een gigantische premie van Ronald Plasterk. En jullie worden door jullie leerlingen niet uitgelachen. En jullie zijn ook niet zielig!

Janhopig

'Hoe kon ik dat dan weten?' roept een radeloze Jan Reker aanstaande maandag tegen een furieuze Stan Valkx, 'niemand vertelt mij iets!'
'Da's niet waar,' zegt Valkx. 'Het heeft in het *Eindhovens Dagblad* gestaan, Teletekst heeft het een week lang gemeld, de KNVB heeft er voor de zekerheid nog een telefoontje aan gewijd, de supporters waren afgereisd en...'
'Dat zal allemaal best, maar als ik dat niet te horen krijg!' Wanhopig kijkt PSV-directeur Reker voor zich uit. 'Ik stond ook nog eens redelijk voor lul. Ik zit met Ronald en Bartina lekker te vleesfonduen in *Het Houten Plenkske,* aan een andere tafel zitten Jan Wouters en Tonnie Bruins Slot met hun vrouwtjes te lachen om die mop over de demente Sjakie Tichelaar van de PvdA die zijn eigen verkiezingsprogramma niet meer weet en op dat moment gaat mijn mobiel. De fysio...'
'Fred?'
'Ja, Fred en die vertelt dat hij allemaal sms'jes krijgt van vrienden die in het stadion van NAC op ons zitten te wachten. Dan hoor ik opeens dat het competitie was.

Snap je dat Ronald ook gek werd?'
'En ik heb de hele nacht een meer dan boze Bartina aan de lijn gehad. Of Erwin het niet een tijdje van Ronald mag overnemen omdat ze gek wordt van alles... nu moet ze weer een korte vakantie naar Cannes afzeggen!'
'Welke vakantie?'
'Ze zou met Ronald een paar dagen weg. Zij aan het strand met een vriendin en hij met een paar jongens golfen!'
'Wanneer?'
'Vanaf vandaag tot en met aanstaande vrijdag!'
'Maar we moeten morgen toch uit tegen Inter? Het is toch Champions League?'
'Ik weet dat wel, maar zowel Ronald als Tony wist dat niet. Het stond niet in hun agenda!'
'En Wouters?'
'Die had het met potlood erin gezet, maar toen hij op een gegeven moment niks meer hoorde heeft hij het eruit gegumd!'
'En nu?'
'Nu hebben ze vanochtend als een gek nog geprobeerd om een vliegtuig naar Milaan te ronselen, maar dat is niet gelukt. Alles, tot en met Easy Jet aan toe zat vol. Daarbij was de spelersbus ook al verhuurd. Een stel Philips-managers mag een dag PSV'eetje spelen... dus ze zijn net met eigen auto's vertrokken. Als ze doorkachelen is het acht uur rijden...'.
'En een hotel?'

'Ook niet. In Milaan zijn deze week meer dan zestien beurzen. Tot ver voorbij Lugano is geen kamer te krijgen. Inter heeft nu aangeboden dat ze bij de jongens van het eerste kunnen slapen!'

Op dat moment gaat de telefoon. De secretaresse. Iemand van Fenerbahce aan de lijn.

Een geïrriteerde Reker: 'Wie? Fener wie?'

'Fenerbahce!' helpt Stan, 'Daar spelen we de 23ste tegen! Ook Champions League!'

'Maar we spelen toch al tegen Inter?'

'Ja, maar het is een poule. Fenerbahce, Inter, CSKA, Moskou en wij...'

Reker vraagt in zijn beste Engels of de Turk nog even wil wachten en vraagt met zijn hand op de hoorn aan Stan: 'Dus tegen CSKA was ook Champions League?'

'Ja!'

'Ik kon ze al niet vinden in de Eredivisie. Ik dacht al: we spelen toch niet met negentien clubs! Waarom vertel je me dat nu pas?'

'Je hebt er een memo over ontvangen en ik heb het na de vakantie nog een keer gemaild. En volgens mij kwam het ook nog even langs in het stafoverleg.'

'Hoe heet ik ook alweer?'

'Jan Reker!'

'En wat doe ik hier?'

'Je bent hier directeur!!'

'En hoe heet het hier?'

'PSV! Da's een voetbalclub! De voetbalclub van Eindhoven!'

‘Da’s die met Van Nistelrooij en Cocu en... u bent?’
‘Ik ben Stan Valkx, ik heb hier ook gevoetbald en nu werk ik hier ...’
‘Zo geestig! Keept die Jan van Beveren hier nog? En die Ronaldinho?’
‘Ronaldo! Ronaldinho heeft hier nooit gezeten!’
‘Dat bedoel ik... Romario... heerlijk joch... wat een deugniet... zijn we klaar met vergaderen?’
‘Bijna... de afdeling publiciteit wil nog een slogan voor het nieuwe seizoen... een pakkende tekst... zowel goed voor de stad als de club...’
‘Lijkt me simpel!’
‘Wat dan?’
‘Er gaat niets boven Groningen!’

Weekendhobby

De Kroaat Mandzukic kamde eerst zijn haren, strikte daarna zijn veters, pakte toen zijn mobiele telefoon om naar zijn mokkeltje in Zagreb te bellen dat hij de 2-0 tegen Ajax ging scoren en daarna kopte hij de bal er in. Ik heb in mijn lange supportersbestaan veel voetballers vrij zien staan, maar dit was werkelijk onthutsend.

Dat gaan we bij Chelsea heel anders doen was de enige gedachte die coach Henk ten Cate op dat moment had en hij keek op zijn horloge hoe lang hij nog moest.

Ajax-voorzitter Jaakke vroeg op datzelfde moment aan iemand naast hem op de tribune wat er fout ging, maar kreeg geen antwoord. Zijn buurman was met zijn hoofd bij de overname van de sponsor ABN-AMRO door een clubje Belgen. Aan zijn andere kant zat Ajax-directeur Maarten Fontein met Maleisië te bellen. Hij wil het product Ajax in het Verre Oosten beter wegzetten en volgens hem gaat dat lekker.

Net op het moment dat Fontein aan Jaakke vroeg hoeveel het stond en deze antwoordde dat het 2-0 was

werd het derde Kroatische doelpunt gemaakt.
'Dus nu is het 3-0?' opperde Fontein.
'Of is dit de herhaling?' vroeg John aan de sponsormeneer.
'Nee, want de vorige was een kopbal en dit was een schot,' zei iemand achter hen.
'Schot! Leuk woord,' zei de sponsormeneer. 'De Schotten doen ook mee. Die nemen ook een stukje van de bank over!'
Dom, dom, dom, dacht John bij zichzelf, een live herhaling in het stadion kan natuurlijk niet. Toch gaat het al veel beter. Bij zijn eerste wedstrijd als Ajax-voorzitter was hij na een overtreding opgesprongen en had hij per ongeluk heel hard 'strafcorner' geroepen. Dat klonk in eerste instantie heel charmant met dat warme eigenheimertje in zijn keel. En toen hij het slim oploste door heel olijk 'geintje' te roepen was iedereen gaan lachen. John dacht dat hij succes had. Hij zag het medelijden niet.
Wat ik wel leuk vind, dacht Maarten Fontein bij zichzelf, dat als we volgende week een nieuwe trainer krijgen dat ik dan weer op de foto mag als het contract getekend wordt.
Maarten is de wethouder Hekking van Ajax. Geen foto zonder een glunderende directeur, die overigens volgende maand naar Reykjavik reist om Ajax beter in de IJslandse markt te proportioneren. Even piekerde hij of de supporters boos zouden zijn na deze wanprestatie, maar op hetzelfde moment wuifde hij die gedachte

weg. Deze wedstrijd was gratis, dus moesten ze niet zeuren.

'Ik vind die supporters van de tegenstander behoorlijk aan de ordinaire kant,' fluisterde John in het oor van Maarten, 'zij maken met zijn negenhonderden meer lawaai dan onze negenenveertigduizend supporters.'

Wat dat betreft waren de heren zeer tevreden over het Ajax-publiek. Die hoorde je al jaren niet meer. Of ze nou wonnen of verloren, het maakte niemand wat uit. Altijd hing er die heerlijke lethargische sfeer.

'Kunnen we protesteren bij de UEFA? Dat de supporters van de tegenstanders te hard gejuicht hebben. Dat dat onze jongens tijdens de wedstrijd heel erg afleidde!' vroeg Maarten aan de toevallig aan komen lopende huisjurist van de club. De man wees op zijn volle mond. Hij kwam net uit een skybox en had daar zijn laatste hapje overheerlijke hazelnootparfait genomen. Hij ging trouwens even terug naar de box om te vertellen dat het 3-0 was geworden.

'Weet je wat zo geestig is,' vroeg de sponsormeneer de aandacht, 'ik lees in het woord F-side steeds het woord *f*-side. Zijn dit geen desastreuze cijfers voor de club?'

'De cijfers zijn nog niet bekend,' antwoordde Maarten geïrriteerd, 'de jaarcijfers worden pas in maart gepubliceerd.'

Terwijl Huntelaar nog twee keer scoorde waren John en Maarten op weg naar het herentoilet.

'Dat scheelt een hoop avondjes weg!' versprak Maarten zich, 'ik heb voor mijn ijsjes genoeg gereisd.'

‘Precies wat je zegt’ zei John. ‘Het moet een weekend-hobby blijven!’
En allebei probeerden de heren het ingebakken vliegje in de pleepot te raken.

Gerechtigheid

Maanden zaten we bij ons thuis in de rats. Natuurlijk zouden we hem helpen. Slachtoffers laat je nou eenmaal niet vallen. Ook wij vonden dat het voor een groot deel zijn eigen schuld was, maar toch...
Ook als iemand iets doms heeft gedaan dan hoef je hem daarna niet aan zijn lot over te laten! Ook al ben ik niet meer gelovig, de naastenliefde heb ik niet weggedaan. Dat is een maatschappelijke plicht.
Ik ken hem niet goed, eigenlijk net als u alleen uit de krant, maar omdat zijn noodlot van het papier spatte werd hij bij ons thuis al heel gauw gespreksonderwerp nummer 1. Mijn dochter kon afgelopen woensdagnacht niet slapen en trof mijn vrouw en mij verdrietig zwijgend voor de zacht smeulende open haard. Ze vroeg of hij kinderen had. Ik zei dat ik niet het exacte aantal wist, maar volgens mij had hij in elk geval twee kleintjes uit een tweede leg. Mijn dochter schoot vol. Hoe moeten die dan verder? Die hebben nog een heel leven voor zich. Ik vertelde haar dat het wel erg was, maar dat er gelukkig ook nog een voedselbank en een

daklozenkrant is. Of ik geen benefiet wilde doen? Ik zei dat ik dat uiteraard al lang overwogen had, sterker nog: ik had mijn impresario inmiddels opdracht gegeven om te informeren naar een of twee avonden Carré. En voor dat doel heb ik die zaal zo vol. Dit gaat echt om iets essentieels.

'Maar dat is in dit geval niet genoeg!' sprak ik zacht.

'Maar het is wel een begin,' fluisterde mijn wanhopige dochter.

'En een fancy fair?' zei mijn vrouw.

'Dat is lief bedoeld, maar dat zet geen zoden aan de dijk!' zuchtte ik licht geïrriteerd. 'Ik moet Ajax bellen of iets groots met Borsato en Paul de Leeuw doen. En dan minimaal Gelredome. Hoewel Ajax? Die hebben zelf problemen genoeg!'

'Maar die hebben wel geld,' sprak mijn zoon, die ook de slaap niet kon vatten en aangeschoven was. 'Zevenentwintig van Wesley en achttien van Babeltje!'

'Ja, maar die moeten spelers kopen en wel met spoed, anders spelen we volgend jaar tegen Omniworld en Emmen.'

Mijn vrouw suggereerde dat ik Alex moest bellen. Ik heb zijn nulzesnummer. Máxima weet alles van microkrediet en heeft ook wel even zin om haar zinnen te verzetten na het kleinburgerlijk gelul van de gepikeerde spruitjeshollanders en andere Wilders'jes. Wat zijn we toch een armzalig volk. Als iemand nu weet wie de Nederlander is dan is het Máxima.

'Is ie ontslagen?' vroeg mijn zoon.

'Nee, zelf vertrokken. Jongen met principes. Dat maakt het ook zo schrijnend! Hij kan niet tegen onrecht.'
'Had hij niet kunnen sparen?' vroeg mijn zoon.
'Nee joh, amper brood op de plank!'
Onderhand vertelde mijn vrouw aan de kinderen hoe dat vroeger ging. De kerk zorgde voor eten. Bij de roomsen de nonnen en bij de protestanten de diaconie. Dat soort hulp ging meestal stilzwijgend. En rijke mensen schoven soms stiekem wat extra's via de achterdeur.
Het werd stil in ons huis. We mokten en af en toe kwam er een slap ideetje. Ik zou mijn nooit gebruikte racefiets op Marktplaats.nl aanbieden, we wilden wel wat schilderijen van de hand doen, de auto van mijn vrouw kon op de offerstapel, de zeilboot, de skischoenen...
Toen ging de telefoon. Vrienden, die ook de hele nacht wakker waren, belden met de mededeling dat er zo goed als zeker een oplossing was. Nog geen structurele oplossing, maar de familie kon in elk geval de winter door. Even weer wat tijd en lucht om plannen te smeden en aan iets definitiefs te werken.
Misschien vindt hij in die tijd ook wel een nieuwe baan, lachte mijn altijd optimistische vrouw. Daarna rinkelde bij ons onophoudelijk de telefoon en werd er uitsluitend over en weer gefeliciteerd. Iedereen blij. Zo bodemloos blij. Rijkman Groenink krijgt geen achttien, maar zesentwintig miljoen euro. Rijkman gefeliciteerd. Er is dus toch een god. Er is dus toch gerechtigheid!

Modern sterven

Jaap is ziek. Ernstig? Heel ernstig. Jaap gaat dood. De dokters kunnen niks meer voor hem doen. Dat is erg. Erg voor Jaap, zijn familie, zijn vrienden, enzovoort. Omdat Jaap weet dat hij doodgaat heeft hij een weblog. Daarop schrijft hij over zijn toestand.

Hoe kaal de chemo hem gemaakt heeft en hoe misselijk en hoe hij twijfelt over dit leven zonder kwaliteit en dat hij toch niet dood wil en hoe zijn dochter hem ontroert als ze in een mooie jurk naar een schoolfeest gaat en dat hij ook vindt dat ze gewoon naar het schoolfeest moet gaan en dat zijn vrouw zo lief voor hem is en dat hij graag nog een keer naar zijn voetbalclub wil, maar dat dat niet meer kan en dat hij nieuwe medicijnen tegen de bijwerkingen van de andere medicijnen heeft en dat hij nu ongeveer negentien pillen per dag slikt en dat hij blij is met de vele reacties op zijn weblog. Ook zijn er foto's waarop we de almaar zwakker wordende Jaap mogen aanschouwen met als hoogtepunt hond Woef die afscheid neemt van zijn baasje Jaap.

De reacties mogen we ook lezen. Collega Henk mist

hem elke dag en buurvrouw Yolanda schrijft dat ze zoveel respect voor de familie heeft, omdat iedereen het noodlot zo moedig draagt en dat ze in deze zware tijden voor de familie zal koken (want daar ben je ten slotte buren voor!!).
De man van Yolanda biedt aan om het gras te maaien en de garagedeuren, die nog steeds in de grondverf staan, af te schilderen.
Broer Frans schrijft dat hij moeite heeft met een reactie, maar toch reageert omdat hij ondanks alles wil laten weten dat hij het heel erg vindt voor Jaap en dat hij heel graag de ruzie bij wil leggen, maar dat hij ook niet weet hoe. Hierop reageert broer Frits dat hij graag wil bemiddelen en dat hij het met Trudy zal bespreken.
Trudy is de vrouw van Jaap. Hierop reageert zwager Kees dat hij het wel erg laat vindt van Frans. Uiteindelijk is Jaap al bijna een jaar ziek en wat hem betreft had Frans wel wat eerder contact kunnen opnemen met de familie en hij heeft binnen de familie de stemming gepolst en het komt er op neer dat niemand op Frans zit te wachten.
Hierna volgen nog wat hatelijkheden en uit alles blijkt dat Frans binnen het gezin veruit het meeste succes heeft en derhalve evenredig bewonderd en gehaat wordt. De vrouw van Frans komt met de vraag of het toch niet mogelijk is dat Jaap en Frans handen schudden, zeker nu ze heeft gehoord dat Jaap nog maar enkele dagen heeft.
Zwager Kees vraagt of de vrouw van Frans zich er niet

mee wil bemoeien en dat hij haar ook niet als de vrouw van Frans ziet. Anja, door Frans ooit schandelijk in de steek gelaten, is in de ogen van de familie nog altijd de vrouw van Frans. Diezelfde Anja laat al vast weten dat zij niet op de begrafenis zal komen als Frans en zijn nieuwe vrouw er ook zijn. Neef Wim meldt summier dat hij blij is dat hij bij Jaap langs is geweest en dat het 'skischoenenconflict' uit de wereld is.

Trudy schrijft dat Jaap en zij na lang wikken en wegen besloten hebben voor cremeren, maar dat de urn te zijner tijd wel bezocht kan worden. Zus Francien meldt ondanks al het verdriet dat er ook tijd is voor blijheid. Zij is voor de tweede keer oma geworden en ze geeft het adres van de site waarop de nieuwe baby te bewonderen is.

Op die site 'www.welkomwendy.nl' lezen we het dagboek van de jonge ouders, die daar al een uur na de conceptie mee begonnen zijn. Ook hier een gastenboek met alle reacties van de vrienden, buren en collega's. Eerst op de zwangerschap en nu op de geboorte. Ook kan je de diverse pretecho's bekijken.

Terug op de weblog van Jaap meldt hij zelf dat hij is overleden. Het spijt Frans zeer en zwager Henk vindt dat Frans niet zo moet liegen. Frits vraagt iedereen het hoofd koel te houden. Er is een overvol condoleanceregister. Jaap was een goede gozer.

Aanrijding

Onderweg naar Breda komt de trein stil te staan voor Tilburg. Het is donderdag laat in de middag. De meeste mensen zijn onderweg naar huis en ik mag naar mijn werk. De conducteur houdt ons op de hoogte. Hij spreekt over een aanrijding op het station van Tilburg en daarom moeten we even wachten. Bij elkaar staan we een kleine tien minuten stil. De mensen die later in Tilburg instappen vertellen wat er gebeurd is. Zelfmoord. Er lag een lichaam onder een laken op het perron. Even later zien we dat het weggedragen wordt. In zo'n doos. Onze trein gaat weer verder.

Aardig van de conducteur om de suïcide aan te duiden als *aanrijding*. Uiteindelijk is dat het ook. Hij kan ook niet anders. Het zou toch raar zijn als hij door de trein zou schallen dat een of andere gestoorde het nodig vond om met zijn of haar problemen de spits te ontwrichten en dat hij of zij lekker voor de trein is gaan liggen. Nee, aanrijding klinkt discreter.

Al gauw weet iedereen in de trein dat het om een zelfmoord gaat en niemand raakt geëmotioneerd. Men is

er gelaten onder. Ervaren reizigers. Ik denk aan de machinist van de zelfmoordexpres. Voor zijn neus is het gebeurd en dat moet verschrikkelijk zijn. Hij heeft ongewild het vonnis moeten voltrekken. Heb in de loop der jaren een aantal machinisten aan het woord gehoord en snap hun ontreddering zo goed. Een aantal durft niet meer in een trein. Wanhopig zijn ze. En terecht. Het is wachten op de dag dat een hierdoor radeloze machinist zelf voor de trein gaat. Hoewel? Ik denk dat hij collegiaal is en een andere manier zal kiezen.
Een mevrouw naast mij vertelt dat ze aan het spoor in Heiloo heeft gewoond en dat daar ook een psychiatrische inrichting zit. Psychiatrische patiënten en treinen mogen graag botsen. Daar hadden ze bijna een dienstregeling voor. Ik denk aan de mensen in mijn leven die op een onzeker moment gekozen hebben voor een vroegtijdig einde. Ze zijn niet meer te tellen op twee handen. Vlak voor ik in Breda uitstap vraagt de mevrouw een handtekening. Ze vindt het zo leuk dat ze even naast me zat.
Onderhand denk ik: Zelfmoorden halen de krant niet meer. Ja, misschien lokaal, maar de landelijke kranten doen er niet meer aan. Of je moet het op een originele manier doen. Een duik in een overvolle Amsterdamse Bijenkorf. En als je dan ook nog eerst je kind gooit...
Ik eet in een restaurant en denk er niet meer over. Ik ben laat door de aanrijding en heb dus haast. Ik wil bijna 1500 mensen in het Bredase Chassé zo hard mogelijk laten lachen. Misschien krijgen een paar het zo vro-

lijk dat ze wat sombere gedachten uit hun hoofd zetten. Dat ze afzien van een aanrijding met een trein. Hoewel? Ik weet ook wel dat de problemen van de zelfmoordenaar iets anders in elkaar steken. Dat een eenvoudige grapjesmaker daar geen verandering in kan brengen. De zaal lacht hard. Het Chassé heeft er zin en ze treffen het: ik ook. De voorstelling krijgt iets lichts, iets huiselijks. Komt ook door een man die op een doodstil moment heel raar zijn neus snuit. Ik neem zijn snuitgedrag met de zaal even door. In de pauze kijk ik in de spiegel en ben verbaasd. Je rijdt over het spoor waar iemand zojuist zijn leven heeft beëindigd, kijkt op je horloge of je nog op tijd in Breda bent, scoort een biefstukje en een uurtje later sta je de clown uit te hangen. Heet dat ervaring? Ben je dan volwassen? Ik denk aan de machinist, de familie van de dode en de mensen die het hebben zien gebeuren. De bel gaat. De tweede helft gaat beginnen. Ik speel echt lekker en neem afscheid van een dampende zaal. Zo gaat dat dus. Zo simpel zit de wereld in elkaar. Maar misschien moet de wereld zo ook in elkaar zitten. Ik weet het niet. Alles gaat gewoon door. Schaamteloos door. Misschien is die meneer of mevrouw daarom wel voor die trein gaan liggen!

Familieomstandigheden

Twee pedo's zitten te loeren naar het internet, stuiten op een foto van een kleuter en stotteren nogal opgewonden: 'Wat een prinsesje!'

Dit schuldige grapje vertelde ik donderdagavond in Carré en keek verbaasd de lachende zaal in. Ik realiseerde me dat ik grapte over iets dat gebaseerd was op de realiteit. Realiteit die je niet verzint. De foto's van de kleine Amalia en haar neefje waren op de internetsite van pedoclub Martijn verschenen. Waarom? Om de aandacht. Resultaat? Aandacht.

Willem-Alexander vertelde eerder dat hij niet naar de site had gekeken en als hij dat wel had gedaan dat hij dan misschien door het lint was gegaan. Zijn vrouw stond er beeldschoon bij. Je zag hoe ze innerlijk kookte van woede. Een furieuze moeder. Een terecht furieuze moeder. Je wordt toch krankzinnig als je je kind terugvindt bij die viespeuken. Als Alex mij bij terugkeer in Nederland had gebeld met de vraag om mee te gaan naar het clubhuis van die kleuterneukers om daar de meubels tot openhaardhout om te toveren, had ik niet getwijfeld. Maar Alex mag dat niet. Alex moet zich inhouden. Hij moet in nette woorden heel beheerst een diplomatiek statement afgeven omdat hij onze koning wordt, maar ondertussen is die aardige man ook maar gewoon een mens en in dit geval vooral een vader.

Ik keek naar Máxima, die koninklijk zweeg, en ik wachtte, of liever gezegd ik hoopte op het moment dat ze de microfoon zou pakken en daar in het verre Bhutan meedogenloos zou uithalen naar de pedo's, die godverdegloeiendegodver met hun ranzige ogen aan haar kind hadden gezeten. Ik rekende op haar Zuid-Amerikaanse temperament en vooral op het moment dat ze alle remmen los zou gooien. Niks geen door de angsthazen van de RVD voorgekookte zinnetjes die keurig voldoen aan het gietijzeren protocol, maar regels als striemende zweepslagen met maar één doel: Blijf godverdomme van mijn kind af. Klootzakken!

Natuurlijk zou daarna de halve Veluwe ontploffen. En niet alleen de Veluwe. Alle kneuzen van de honderden oranjeverenigingen zouden schande spreken. Dominees in de stress, André Rouvoet op tilt en Bas van der Vlies vol pukkels. Ze zouden de prinses wel begrepen hebben, maar ze mocht natuurlijk niet zulke grove woorden gebruiken en zeker niet de naam van de Here misbruiken. Alle politici zouden ook begrip tonen, maar ook pleiten voor meer zelfdiscipline. Jan-Peter zou in een eerste reactie zeggen dat het niet handig van haar was om zulke aan de straat gebonden emotietaal uit te slaan. De beelden van haar boze bui zouden ondertussen de hele wereld over gaan. Een wereld die deze moeder heel erg zou snappen. Maar ik hoopte ook dat de verklaring van Balkenende over de bewuste woedeaanval zou worden onderbroken door een buiten zinnen geraakte Máxima, die live de studio binnen kwam stormen om onmiddellijk de microfoon van Jan-Peter te grijpen, waarna ze hem uit zou schelden voor alles wat los en vast zit. Ze zou hem vertellen dat hij moet stoppen met zijn softe *polderpraatjes* over haar uitbarsting, dat het hier *tyfus de tering* om een kind gaat, haar kind, haar dochter, haar vlees, haar bloed en dat kinderen onschuldig zijn en dat je die met rust hoort te laten. Ze zou de premier er ook nog even op wijzen dat ze zich onlangs misschien vergist had in de Nederlandse identiteit, maar dat er in ons land over haar Argentijnse identiteit geen enkel misverstand hoeft te bestaan. Als je kwaad bent ben je kwaad en als een stelletje smeerpijpen je kind op hun site zetten dat je dan niet alleen kwaad, maar ontoerekeningsvatbaar van woede mag zijn. Dat leek me prachtige televisie en natuurlijk niet alleen televisie. Een schitterend statement van het prinselijk paar.

Dit verhaal wilde ik donderdagavond in Carré na de pauze afsteken. Ik had het goed van buiten geleerd en zag het als een openbare ode aan onze toekomstige koningin. Maar helaas: het ging niet door. Waarom niet? Omdat de tweede helft van mijn voorstelling werd afgelast. Ik moest onverhoopt weg. Familieomstandigheden. Wat er gebeurd was? Iets ernstigs. Wat dan? Ik kon gewoon ergens anders meer verdienen. Waar? Valencia.

Kijkcijfervlees

De vader van *Studio Sport*-verslaggever Philip Kooke heeft een klein kapitaal en de ziekte van Alzheimer. Een doortrapte Poolse is inmiddels met de zieke man getrouwd en erft te zijner tijd zijn geld. Een corrupte notaris heeft aan deze zaak meegewerkt. De broertjes Kooke moeten voorlopig machteloos toezien. Philip heeft het in een boek opgeschreven en vertelde er donderdag over bij *Pauw & Witteman.* Later las ik dat heel veel alzheimerpatiënten misbruikt worden, maar dat het heel moeilijk is om in te grijpen. Hoe ver kan je gaan met dementen? En worden dementen niet al jaren misbruikt door de Nederlandse televisiemakers?
Ik denk aan de belspelletjesmaffia, die honderden miljoenen heeft afgetroggeld van Nederlanders die niet goed snik zijn. Officieel is het geen misdaad, maar de maffiose baas van Endemol weet natuurlijk heel goed wat hij al die jaren gedaan heeft. En ik denk ook aan een voetbalwedstrijd van het Nederlands elftal. Een stadion vol zwaar gestoorde supporters. Oranje Sinterklazen, indianen, struisvogels en andere randdebielen

lallen zich twee keer drie kwartier door het niet te harden potje voetbal. En de voorronden van *Idols*. Tienduizend zwakbegaafden staan op een stip te kreunen en te steunen om daarna afgezeken te worden door een om zichzelf gierende Gordon, die de kandidaten regelmatig een nekschot toewenst. Veel mensen vonden dat te hard van onze Goor. Ik niet. Ik was het wel met hem eens. Ik denk dat het tijd wordt dat dit deel van de mensheid geruimd gaat worden. Ik zou RTL willen voorstellen om de volgende voorronden van deze talentlozenjacht in een dierenwinkel in Hoogeveen te houden. Dan zijn we zo een miljoen mensen kwijt en hebben we ook geen polder in de Noordzee nodig om land te winnen. En ik denk natuurlijk aan het al honderd jaar succesvolle prachtprogramma *Ter land, ter zee en in de lucht*, waarin allerlei provincio's met de herseninhoud van een half ons plankton van tragische hellingen afdenderen. Hele winters hebben ze in opa's bollenschuur aan iets gebouwd dat een seconde in beeld is. De producent vult zijn zakken en gaat vrijuit. Maar het is natuurlijk wel openlijk misbruik van verstandelijk gehandicapten.

En programma's als *Big Brother* en *De Gouden Kooi*, waarin een groot aantal verstandelijk gehandicapten misdadig wordt geëxploiteerd? Nederland mag massaal debieltje kijken en heksen als Hummie van der Tonnekreek zwepen die zwakzinnigen op om zich nog debieler te gedragen dan ze al zijn. Tragisch kijkcijfervlees staat elkaar verrot te schelden. Zelfs de EO misbruikt dementen. Daar kan je onder leiding van een doodenge *gggggggggggristen* je familieruzie bijleggen. Geen enkele wet beschermt de weerloze debielen en dementen.

Moest bij het verhaal van Philip Kooke aan mijn jeugd denken. Wij hadden vroeger een oude en zwaar alcoholistische buurman. Een niet onbemiddelde vrijgezel. Op het eind van zijn leven raakte de zichzelf totaal verwaarlozende man steeds erger in de war. Zwaar dement doolde hij door de buurt, belde 's nachts op of aan en sprak nog louter wartaal. Op een gegeven moment kreeg hij een huishoudster die orde in zijn chaos mocht scheppen. Een hele dikke Duitse met een hele grote hoed. Mijn ouders vertrouwden haar niet. Ze vroeg volgens de buurman om steeds meer geld. Op een dag ging ik een over de muur gevlogen voetbal uit zijn achtertuin halen en zag de tachtigjarige alcoholist aan tafel zitten, terwijl de dikke Duitse hem aan het opvrijen was. Een van de smerigste beelden uit mijn leven. Samen met mijn broer Tom heb ik er stiekem naar staan kijken. We waren acht en vier. Hoe ver het ging? Heel ver. Twee dagen later vertelde de buurman dat hij ging trouwen. Met die dikke Duitse.

'Ik denk het niet' hoorde ik mijn vader tegen mijn moeder zeggen en voor we het wisten was hij weg. Even later hoorden wij een knallende ruzie tussen mijn vader en dat Duitse mormel. Ze kreeg van mijn vader, die geen enkel recht van spreken had, vierentwintig uur de tijd om haar koffers te pakken. Briesend verliet ze een paar uur later het pand. Drie dagen later werd de buurman verzorgd door een schat van een vrouw. Of ik trots was op mijn vader? Geen domme vragen stellen. Broertjes Kooke: de beuk erin!

Mijn beste vriend

Lang geleden dat ik iemand fanmail heb gestuurd, maar Daphne Deckers heb ik toch maar even twee regels doen toekomen. Zo leuk dat ze die roddelnicht van de *Story* op zijn bek getimmerd heeft. En wat zoet dat die tut, die er niet meer aan overhield dan een scheerwondje, aangifte heeft gedaan. Wat een aandoenlijk mietje. Vrees dat de rechter voortdurend de slappe lach krijgt als hij deze zaak binnenkort moet behandelen. Meneer Den Aantrekker (zo heet de muts!) mag nog een keer voordoen hoe mevrouw Deckers op hem afkwam om een slokje bubbels over hem heen te kiepen. Door een domme botsing brak de flûte en kreeg hij het gebroken glas tegen zijn kinnetje. Nou, dat was janken edelachtbare! Snikkend zal hij vertellen dat hij bijna doodbloedde, dat hij zijn leven dankt aan de artsen van het Boven IJ-ziekenhuis en ik ben zeer benieuwd naar de door hem opgerichte patiëntenvereniging van aangevallen roddelnichten.

Ook wel weer ingewikkeld, die Daphne Deckers. Een paar uur later zag ik haar bij RTL *Boulevard* zitten en

iemand vertelde mij dat ze dat regelmatig doet. Dat ze een soort gastpresentatrice is. En ze schrijft ook nog een column in *De Telegraaf*. Dan ben je dus niet echt tegen het fenomeen roddelen. Men mag alleen niet over jou roddelen. Je zou bijna denken dat ze blond van zichzelf is.
De ordinaire matpartij vond plaats op het feestje van Heleen van Royen, die een eigen glossy heeft uitgebracht. Daphne mocht het eerste exemplaar aan deze stoute schrijfster geven. Weet niet of ze Daphne verteld hebben dat ze tweede keus was. Ik ken namelijk degene die benaderd was om in eerste instantie dit klusje te klaren, maar die heeft voor de eer bedankt omdat hij allergisch is voor die hese Heleen. Ik heb het niet over Rob Oudkerk. Dat zou natuurlijk wel weer humor zijn geweest. Als die heroïnehoerenloper de eerste *Heleen* in ontvangst had genomen. Ik vrees dat Rob, als hij gevraagd was, onmiddellijk *ja* had gezegd. Een publiciteitsgeiler mannetje dan Rob ken ik niet. Ik las laatst ergens dat hij burgemeester van Amsterdam wil worden. Vrees dat dan de dit weekend gesloten Yab Yum zijn ambtswoning wordt.
Maar goed, degene die geweigerd heeft Heleen haar pornoblaadje aan te bieden is allergisch voor de schrijfster. En hij kan helemaal niet tegen haar man Ton Rozenwater, de sneue krullenkop die keer op keer tegen journalisten moet stamelen dat het hartstikke leuk is als hij mag lezen dat zijn vrouw in een dampend sexperimentje wordt geklopt, geveegd en gezogen door

een elftal bronstige negers. Die lieve Ton wilde ook ooit nog burgemeester van Amsterdam worden. Misschien een leuke duobaan met dokter Robje.

Diegene die voor de publiciteitsklus bedankte is mijn beste vriend. Hij weigerde niet alleen omdat hij dan dat ranzige echtpaar Van Royen live zou zien en ruiken, maar ook omdat hij in aanraking zou komen met de Nederlandse roddelpers. En hij heeft lossere handjes dan Daphne. Ik vrees dat er in zijn geval met hele bladen champagne gesmeten zou zijn. Dus het was voor alle partijen beter dat hij geweigerd heeft en dat de beheerste en beschaafde mevrouw Deckers de ondankbare taak op haar ranke schouders heeft genomen.

Mijn beste vriend begreep ook niet helemaal waarom hij gevraagd was. Vooral omdat meneer en mevrouw Van Royen regelmatig in de pers hebben laten weten dat ze een bodemloze tyfushekel aan hem hebben. Mijn beste vriend schrijft namelijk ook stukjes en mag graag kwetsen. Je kan stellen dat kwetsen zijn hobby is. En nog een goed betaalde hobby ook. Begrijpen deed hij het niet, maar snappen wel. De familie Van Royen is verslaafd aan publiciteit en het kan hun niet schelen hoe ze die krijgen. Het was moeilijk om afgelopen week een televisieprogramma te vinden waar Heleen niet zat te blaten over haar slaapverwekkende stoute vrouwen. Maar mijn vriend kon de verleiding probleemloos weerstaan en heeft zich maandagavond verstopt in een prachtig boek van een echte schrijver. Bent u benieuwd wie mijn beste vriend is? Dat is toch niet zo moeilijk. Mijn beste vriend dat ben ikzelf. Hoe lang ik al mijn beste vriend ben? Al 53 jaar.

Mama is boos!

Natuurlijk komt er een dag dat de kleindochter van de huidige kleuterprinses Amalia koningin van onze Nederlanden is. En dan? Dan niks. Nederland is in die tijd misschien wat groter omdat we Vlaanderen terug hebben. Maar verder is er niet veel veranderd. Ook die koningin zit nog steeds onder verantwoordelijkheid van een of andere premier in een suf paleis haar leven uit te zitten. Ze mag hier en daar een lintje knippen, af en toe wat verstandelijk gehandicapten over hun bol aaien, jaarlijks in een droef dorp haar verjaardag vieren, in september vanuit de Gouden Koets lachen naar wat terugzwaaiende huisvrouwen, waarna ze een onbegrijpelijk stukje gezwollen proza voordraagt. En een groot aantal keren in haar leven wordt ze in een vliegtuig gehesen om in het buitenland wat handjes van collegavorsten te schudden. Het volk wil poppenkast met levende poppen en zolang de poppen geen bezwaar maken gaat alles lekker. Maakt u zich geen zorgen: dat koningshuis pruttelt nog eeuwen voort.
Maar dan komt er een boek uit. Twee dames hebben in

een archief gesnuffeld en ontdekt dat de voorvaderen van de koningin doodgewone mensen van vlees en bloed waren. Ze lezen grappige dingen over ene Prins Hendrik die, als hij kachel was, alle dames in Den Haag en omgeving besprong en dat ook deed als hij niet kachel was. Een zielige figuur die met veel alcohol zijn sprookjesleven een beetje draaglijk probeerde te maken. Verder staat er een verhaal in over een zekere Jorge Zorreguieta, die een prachtige prinses aan het Oranje Huis leverde. Deze prinses werd later een bijzonder populaire koningin. Jorge was verre van fris en werd na grondig onderzoek zelfs geweigerd bij het huwelijk van zijn dochter. Hij had bloed aan zijn handjes omdat hij een vriendje van een zekere Videla was. In die tijd een meedogenloze Argentijnse dictator, die duizenden tegenstanders liet afslachten. Hoe? Op alle manieren. Onder andere door ze boven zee uit vliegtuigen te lazeren.
En dan heb je natuurlijk nog het hoofdstuk Prins Bernhard en dat is veruit het dikste hoofdstuk uit het boek. Bernhard was een losbollende Duitser die zijn leven lang feest gevierd heeft op kosten van het Nederlandse volk. Hij deed alles wat God en zijn vrouw hem toentertijd verboden. Hij naaide vrolijk in het rond, schopte behalve zijn eigen vrouw ook nog een paar andere dames zwanger, vulde zijn uniformzakken met smeergeld van een vliegtuigfabriek en gaf op zijn sterfbed alles lachend toe aan twee journalisten van *de Volkskrant*, die hij terloops ook nog even de namen en adressen van zijn bastaards gaf.

Zal de koningin daar dan op reageren? Zal zij zeggen dat de schrijvers selectief te werk zijn gegaan? Dat er ook andere zaken in het archief stonden? Dat die Hendrik ook wel eens een avond bij de open haard een romannetje heeft zitten lezen en dat hij van speculaasjes hield? Of dat die Jorge regelmatig een potje polo speelde bij een vriend met een te grote achtertuin en dat hij zijn dochter nooit een haar gekrenkt heeft? En dat die Bernhard als hobby de fauna op de Veluwe beheerste door fazanten en zwijntjes af te knallen? Dat de zwijntjes tot voor zijn loop werden opgejaagd door plaatselijke jachtopzieners vertelt ze er waarschijnlijk niet bij. Maar het op peil houden van de wilde zwijnenpopulatie is toch nobel werk.

Andere vraag: Is er dan nog iemand geïnteresseerd in die Hendrik, Jorge en Benno? Het zal iedereen toch jeuken wat die types in hun leven uitspookten. Drie ordinaire mannetjes die zich te pletter verveelden en het voor zichzelf zo aangenaam mogelijk maakten. Net als wij doen.

Daarom begrijp ik de huidige boosheid van Trix niet. Wij mogen niet weten dat Willem I hebberig en eigenwijs was, Willem II een halve nicht en Willem III een onbehouwen hork. En wat een beetje dom van de koningin is: ze brengt het boek nu pas echt onder de aandacht. Als ze niks gezegd had had ik het niet gelezen. Wat ik nu denk? Gauw lezen. Al is het maar om te constateren dat er niks veranderd is in al die jaren.

Smaak

Zondagochtend keek ik naar de documentaire 'Als we het zouden weten' over de afdeling neonatologie van het Academisch Ziekenhuis Groningen en ik kan niet anders zeggen dan dat de film een goed beeld gaf van de werkelijkheid. Een gruwelijke werkelijkheid. Ik keek op verzoek van de redactie van het televisieprogramma *Pauw & Witteman* omdat ik daar samen met kinderarts Eduard Verhagen een dag later te gast zou zijn. Verhagen is de baas van die kliniek. Over het onderwerp zelf durf ik niet zoveel te zeggen. Ik snap dat het leven van een kind gered moet worden, maar vroeg me wel een paar keer af: Wat red je? Red je een leven? Wat voor leven krijgt dit onsje rosbief?

Steeds spookt het verhaal door mijn hoofd van een mij bekend kind dat een jaar of twintig geleden in een academisch ziekenhuis werd geboren. De moeder lag nog onder narcose toen de vader moest beslissen of het kind geopereerd moest worden. Anders zou het overlijden. De vader riep in zijn paniek dat er alles aan gedaan moest worden om de baby te redden en de spoed-

operatie werd uitgevoerd. Volgens de artsen was de operatie geslaagd. Een van hen vertelde de vader er nog bij dat ze een nieuwe techniek hadden toegepast en dat het kind een jaar eerder kansloos zou zijn overleden.
Gefeliciteerd dus. Het kind hangt inmiddels al twintig jaar in een rolstoel, is zwaar verstandelijk gehandicapt en stoot om de zoveel minuten wat kwijlende klanken uit. Dat is alles. Nogmaals: vroeger, toen de techniek nog niet zo ver was, was het kind vlak na de geboorte overleden. Dus die heeft nu mooi mazzel gehad.
Ik weet dat het niks met neonatologie te maken heeft, maar toch ook wel een beetje. Het gaat ook hier om kinderen die in leven worden gehouden terwijl je je afvraagt: wat wordt de schade? Wat voor leven krijgt dit kind? Moet de natuur niet iets meer de kans krijgen om te winnen van de machines?
Ik twijfel overigens geen seconde aan de integriteit van de artsen, maar ik mag als leek toch wel hier en daar mijn vraagtekens zetten?
In de uitzending van *Pauw & Witteman* heb ik dit onderwerp expres niet aangesneden omdat zelfs ik begrijp dat dit niet iets is dat je in een paar minuten van een talkshow weg walst. Hierover kan je uren van gedachten wisselen. Wanneer zit de dokter op de stoel van God? Bij hoeveel weken zwangerschap ligt de grens? Welke toekomst wordt het kind geboden? Wat is kwaliteit van leven?
Wel vertelde ik in de uitzending dat ik tijdens het kijken nogal was afgeleid door de manier waarop alles

was vastgelegd. Ik doelde daarmee vooral op de emoties. De moeder die te horen kreeg dat haar kind het alsnog niet ging redden werd radeloos van verdriet en krijste al haar wanhoop bij elkaar. De camera bleef draaien en nam de wanhopige vrouw heel close. Ik zat met plaatsvervangende schaamte in mijn eigen woonkamer en vond het zo mensonterend dat dit was vastgelegd. Dat iemand op zo'n moment kan doorfilmen vind ik even knap als banaal.

Zowel voor als na de uitzending ontstond hierover een beetje kregelige discussie tussen mij en de makers van de documentaire, die ook in de studio waren. Het werd al snel duidelijk dat het een smaakkwestie was. Nou zegt men dat er over smaak niet te twisten valt, maar ik ben van mening dat dat wel degelijk kan. Ik vind het ronduit gênant als ik moet zien dat een vader het dode kind een kusje mag geven. Laat mij er buiten. Ik weet ook zonder plaatjes wel hoe verdrietig en ten einde raad die ouders zijn. Bespaar me de beelden. Gun die mensen hun privacy. De makers legden mij uit dat de ouders toestemming hadden gegeven en zelfs op de première waren geweest. Het dode kind had op deze manier een plek gekregen, werd er nog therapeutisch bij verteld. Maar ik wil dat die ouders helemaal niet hoeven te beslissen of ze wel of niet willen dat het wordt uitgezonden. Die keus moet er niet zijn. Het moet niet eens zijn opgenomen

Hockeyschaatsen

Ze zeggen dat de hockeyers het niet gaan redden. Ze winnen de Champions Trophy niet.
Of dat erg is? Nee. Want volgens mij is er volgende week weer een Champions Trophy. Mijn gevoel zegt dat er bij de hockeyers bijna elke dag een Champions Trophy is. Lijkt me leuk voor de hockeyers. Dat er altijd iets in het vooruitzicht is. Een EK, een WK, of een Champions Trophy. En altijd met dezelfde landen. Er komt nooit een nieuw land bij. Begreep uit de krant dat deze Champions Trophy het laboratorium voor Peking is. Hier kan men vrijuit experimenteren. Zo liggen de spelers liggen voor en na de wedstrijd in de vriezer. En er wordt veel gedaan met video-opname. Ze maken niet alleen een video van de strafcorner van de tegenstander, maar ook een van de trainer. Hoe gedraagt de coach zich tijdens het nemen van de strafcorner? En er wordt een video van de voorzitter van de bond gemaakt. Hoe juicht de voorzitter? 's Avonds na het eten worden die video's met het hele team bekeken en wordt er geëvalueerd. Dat evalueren komt ook op vi-

deo. Die video wordt alleen door de trainersstaf bekeken. Als de spelers slapen. Het slapen van de spelers staat trouwens ook op video. De fysioloog bekijkt elke ochtend de slaapvideo's. Hij is zeer geïnteresseerd in de slaaphouding van Teun en Taeke. Zo heeft hij ontdekt dat Teun te veel op zijn buik ligt en het mag bekend zijn dat je dan kans loopt dat je katoenpluisjes van je kussen inademt en dat kan lastig zijn bij het uitlopen. De neusgaten worden daar elke ochtend op gecontroleerd. Met katoenen wattenstaafjes. De teamarts kijkt naar de verhouding katoenpluis/snot. Bij sommige spelers werden hele plantages in de neus aangetroffen. Dat komt omdat ze te veel snot hadden. Daar plakt het pluis maar al te graag aan. Hoe krijg je te veel snot? Als je te heet eet. Dan tranen je ogen en drupt je neus. Dus in overleg met de diëtist wordt er anders gekookt. Snotvrij. Het slapen van de trainers wordt niet op video gezet. Dat is niet nodig. Het koken van het eten wel.

Onderhand wordt er in allerlei werkplaatsen gezocht naar een nieuw soort stick. Andere boog, ander materiaal, betere grip. Er is nu een drietal Pakistani bezig met de zogenaamde klapstick, maar niemand wil daar verder iets over zeggen. Pas in Peking komen de Paki's met de *klapstick.* Vraag is of de klapstick door de beugel kan. Of de regels de klapstick toestaan. De bedoeling is dat de klapstick twee platte kanten krijgt zodat je nooit meer met je bolle kant kan spelen. En in de stick wordt een videocamera ingebouwd zodat de speler na de wedstrijd zijn eigen stickgedrag kan terugzien. De speler wordt ook nog eens individueel gefilmd, maar dat gebeurt door zijn trotse ouders op de tribune. De klapstick heeft overigens een ingebouwd koelelement. Je kunt de sticktemperatuur als speler zelf instellen, maar de coach kan ook ingrijpen. Met een afstandsbediening. Hij kan ook een lichte stroomschok door de stick laten gaan. Om de speler wakker te schudden.

Ooit was er een coach die alle spelers een oortje had gegeven, zodat hij tijdens de wedstrijd tegen ze kon praten. Dat werd verboden. Op dit moment wordt er gewerkt aan videocontactlenzen. De videobril bestaat al. Daarop bekijkt de coach de strafcorner van de tegenstander. Maar de videolens komt eraan. Dan kan de speler in het veld de strafcorner bekijken. De videocontactlens is nog niet klaar.

Er zijn plannen om meer Champions Trophy's te organiseren. Ik vind dat ingewikkeld en ook wel jammer omdat ik dan niet meer genoeg schaatsen kan kijken. Schaatsen valt te vaak samen met hockey. Vind trouwens dat er sowieso te weinig schaatsen op tv is. Nu zien we tussen augustus en juni elke vrijdagavond, zaterdag en zondag schaatsen op tv, maar wat doen we met de schaatsloze maandagen? En de dinsdagen? Ik verveel me dan te pletter. Zo erg dat er op die dag niet geschaatst wordt. Misschien moeten we het gaan combineren. Maandag, dinsdag en woensdag hockey en dan op vrijdag, zaterdag en zondag schaatsen. En de donderdag? Gewoon lekker een dag voor jezelf!

Helikopterview

De piloot keek naar beneden, overzag de modderige Betuwe en werd overvallen door een vlaag van weemoed. Heftige weemoed. Zacht neuriede hij *Ik ging naar Bommel om de brug te zien...* en dacht aan oude beelden. December was de titel van de oude schoolplaat waar hij in zijn jeugd zeker een jaar lang mijmerend naar had zitten loeren. Elk moment dat de les maar even saai was zwommen zijn ogen vanzelf naar de overvolle tekening. Bevroren sloten tussen ondergesneeuwde weilanden, sleeënde kinderen die net klaar waren met het maken van een heuse sneeuwpop met wortelneus, steenkoologen, een ontroerend mooie hoed, een dikke das om zijn nek en knopen op zijn buik. Stoere schaatsers bij een koek-en-zopie, die er zo lekker uitzag dat je de warme chocolademelk rook. Uit de boerderijen kringelden slome rookslierten waaraan je zag hoe aangenaam en gezellig het er binnen was. Het televisieloze tijdperk. Internetloos genieten van een spelletje *Mens erger je niet*, het tikken van de sjoelbakstenen en het zachte geritsel van het opvouwen van

de was. In de warme stal zuchtten de koeien tevreden.
De piloot vroeg zich af of hij nu naar de vooruitgang keek. De dichtgeslibde A2 met zijn slakkende files aan weerszijden, de droevige kantorennieuwbouw waar de tl-verlichting hagelwit uitspatte, de glazen vitrines barstensvol poenerige bmw's en het plastic wegrestaurant. Op weinig plekken werd de welvaart duidelijker naar buiten gekotst dan hier.
Natuurlijk, Zaltbommel was nog mooi. Het centrum dan. Historisch binnenstadje. Maar ook dat werd ontsierd door een Hema, een Intertoys en een Blokker. Alles is tegenwoordig Hema, Intertoys en Blokker. Alles is Geleen, Almere en Zoetermeer. Eenheidsworstenbroodjes etende families Gaastra drommen zich shoppend door de kerstdagen. En sjouwen zich een hernia van het slepen van de etenswaren.
De piloot keek goed. Hij zag de modder veroorzaakt door de druilerige regen. Miezerig weer, noemde zijn oma dat. Hij kon wel janken. Janken om niks. Janken om alles. Om het gemis. Waar was de kou? Waar waren de schaatsen? De dikke truien? De sneeuw? De oorwarmers? En het advies van grootvader om een pak kranten onder je trui te doen omdat je dan lekker warm bleef? De kruik? Het stro in de klompen? De warme kachel? De soep op het petroleumstel? De piloot zag parkeerterreinen vol auto's die allemaal op elkaar leken. Ook allemaal Gaastra's. In de kantoren zaten mannen. Mannen in pakken. Inderdaad dat soort pakken. Mannen die vijf jaar geleden *Jiskefets* spraken en *goeiesmor-*

gens tegen elkaar zeiden. Dat laatste hadden ze nu ingeruild voor *goeiemoggel*! En er zaten natuurlijk ook vrouwen! Vrouwen die op alle vrouwen leken of wilden lijken. Vrouwen die allemaal zacht twijfelden over wel of geen siliconen!
En toen zag de piloot de rendieren. Zeven elanden van lampjes trokken een slee met een juichende kerstman. De kerstman was ook van lampjes. De slee stond eenzaam in een modderig weiland. Een paar schapen keken op hun horloge terwijl ze tegen elkaar fluisterden dat het nog lang geen Kerstmis was. Een paard liep zijwaarts omdat het zo'n paard geworden was. Een Anky van Grunsvenhengst.
Zijwaarts dansen op muziek van Wibi. Kruidvatteriger kan het leven niet worden. Het paard huilde zacht. Zijn grootvader trok een schillenkar, zijn vader een ploeg en hij kreeg voor elke wedstrijd een nichterig permanentje in zijn manen. Dat vonden de mensen namelijk mooi. Elastieken sokken om zijn enkels en rare manen. Hele rare manen.
Hij zag een café met een kerstman aan de dakgoot. Hij zag zeven cafés met zeven kerstmannen aan de dakgoot. Hij zag tachtig cafés met tachtig kerstmannen... en toen hield hij het niet meer. Hij zag de hoogspanningsmast, hij zag de draden... later zou hij zeggen dat hij ze niet zag, maar hij zag ze heel goed. Hij stuurde zijn helikopter naar beneden. Behendig en bewust. Dit was beter voor iedereen. De tranen biggelden over zijn wangen. Hij was gek. Knettergek De rest gezond. Kerngezond.

Koarsje opstek'n

De pyromaan Johnny B. heeft het Groningse boerengehucht 't Zandt op de kaart gezet door het bijna van diezelfde kaart te vegen. Grappige jongen. Zag hem op een filmpje van TV-Noord en daar klonk hij een paar weken geleden echt bezorgd. Hij had een door hemzelf aangestoken fik ontdekt en dat brandende schuurtje lag pal naast een grote schuur vol hooi. Het moest niet doller worden. Wanneer stopte het? Mooi *bloosloos* liegwerk van de man die op dat moment waarschijnlijk al wist welk volgend project in de hens zou gaan.

Johnny B., twintig jaar oud, geboren en getogen in een negorij waar nooit iets gebeurt. Behalve dan de jaarlijkse *WK koeienvlaaien smijten*, een tractorfestival en een schuuroptreden van de *Zompige Sukerbieten*. Maar dat is te weinig voor een jonge jongen. Er moest iets gebeuren. En een fikkie is nou eenmaal een lekkere sensatie. Zeker in zo'n derp! En na de eerste fik was hij natuurlijk verslaafd. Verslaafd aan alles. De vlammen, de rook, de geur, de brandweer, de mensen, de krant, de onrust, de pers en de hele flikkerse boel die bij een serie branden hoort. En verslaafd aan zijn geheim. Hij en zijn meisje waren de enige twee die het wisten. Het is ook geen simpel dingetje dat je met meerdere mensen kunt delen.

Hoe vertelde hij het aan zijn meisje als hij weer eens last van branddwang kreeg? Zei hij iets in de trant van 'ut wordt tied da'k weer us een koarsje ga opstek'n?' Zoiets zal het toch wel geweest zijn? En zal dat meisje ook een lichte sensatie gevoeld hebben? Een illegale trots die heerlijk kan zijn. Dat ze zacht dacht: Mijn Johnny!

Bij de hoeveelste brand weet je dat er een pyromaan bezig is? Bij de tweede? Derde? En er moet tussen de branden een korte periode zitten. Geen jaren. Ben je nog pyromaan als je maar een keer in de drie jaar toeslaat? De ene keer een meubelboulevard in de buurt van Den Helder en dan een hele tijd later een auto-onderdelengroothandel in de buurt van Geleen. Tel je dan mee? Volgens mij niet. Door mijn werk reis ik door het hele land, zie honderden dieptreurige industrieterreinen en kantorenparken en de gedachte komt vaak bij me op dat een overheidspyromaan goed werk kan doen. Ik denk dat meer Nederlanders afgelopen dagen gedacht hebben: wat mag er in mijn stad of dorp in de hens?

Zal 't Zandt de komende kerst een toeristische trekpleister worden? Het zijn toch lange dagen met je schoonouders en dan kan zo'n ritje uitgebrande schuren kijken een welkome onderbreking zijn. De mannen voorin en de vrouwen op de achterbank. Ook nog even langs het ouderlijk huis van Johnny. Er staat ongetwijfeld nu al een friteskraam en die frituurgozer rekent zich nu al rijk.

Op dit moment zit ik in de stad Groningen en ik moet mezelf dwingen niet het platteland op te gaan. Want er is een hoop te zien. Niet alleen uitgebrande schuren in de buurt van Loppersum. Pas geleden heeft een gozer in Veendam zijn vrouw vermoord en onder zijn eigen groene zoden gestopt, de heer Klinkhamer hanteerde hier zijn befaamde gehaktmachine, vorig jaar had je de gruwelijke campermoord op het onschuldige meisje in de buurt van Stadskanaal en afgelopen week werd een 21-jarige voetballer van Veendam opgepakt omdat hij hem in een Duitse van 56 had gepropt. Hoe eenzaam kan je zijn in de provincie? Volgens mij is het in New York veiliger.

Ik doe het niet. Ik ga niet kijken. Blijf veilig in mijn hotel en volg alles op de televisie: negen jaar voor Holleeder, de mazzel van de Hells Angels en de kunstroof van Rijkman Groenink. Lekker stads genieten.

En met de kerst heel safe in mijn eigen Amsterdam waar nooit brand is. En als er brand is dan kijkt niemand er van op. Leukste regel las ik in het *Dagblad van het Noorden.* ’t Zandt leeft mee met de ouders van Johnny. De telefoon stond roodgloeiend!

Dodelijke sms

Afgelopen donderdag. Mijn mobiel gaat. Een vriend. Een vriend die schrikt als ik mijn naam noem. Hij vraagt twee keer of ik het echt ben. Ik ben het echt. Tenminste: volgens mij wel. Ik praat, dus ik ben. Hij stamelt dat hij staat te trillen. Want? Hij had zojuist een onheilspellende sms ontvangen. Het bericht dat ik was overleden. Het gonsde door het bedrijf waar hij werkte. Youp was dood! Omdat hij het niet kon geloven pakte hij zijn mobiel en toetste mijn nummer. Hij had geen idee wie hij zou krijgen. Misschien wel de geruststellende tekst: *Dit is de mobiel van Youp, ik ben er even niet, spreek iets in na de piep en dan bel ik u zo spoedig mogelijk terug.*

Na zo'n mededeling weet je nog niet of ik leef. De regel *ik ben er even niet* is op zo'n moment best grappig. Gelukkig nam ik op. Hij zei dat hij blij was. Blij dat ik nog leefde. Ik vertelde hem dat hij mijn seizoenkaart bij Ajax misliep. Die erft hij namelijk.

'God, wat ben je gul,' lachte hij, 'je seizoenkaart van Ajax. Daar moet geld bij!' Toen moesten de punten te-

gen Twente nog gemorst worden.
Niet dood, dacht ik. Ik leef. En hoe? Heb een heerlijk theaterseizoen achter de rug, onbedaarlijk veel lol gehad bij het maken van mijn glossy en ik stuiter van de toekomstplannen. Daarbij zat ik afgelopen week in het stadion bij Inter-AC Milan, had een heerlijk en vooral vrolijk kerstdiner met twintig lieve vrienden, stond op het punt om naar Londen af te reizen en had net de treintickets voor mijn paar dagen Parijs in ontvangst genomen. Geen zaken om chagrijnig van te worden.
Ik belde de vriend terug. Of het een macabere grap was? Dat was het niet. Het was een bloedserieuze sms van iemand die dit soort grappen niet uithaalt. De sms'er had het van iemand gehoord en diegene had het ook weer van iemand die iets op tv had gezien, zo ongeveer. *Hendrik Haan uit Koog aan de Zaan heeft de kraan open laten staan!*
Hoe was ik overleden? Dat wilde ik nog wel even weten. Ongeluk? Zelfmoord? Hartstilstand? Hij had geen idee, wist alleen dat ik dood was, meer niet. En hij was blij dat ik nog leefde. Hij meende dat oprecht. Althans dat zei hij. Ik wilde hem vragen wat hij zou hebben ingesproken als ik echt dood was, maar dat durfde ik niet. Wat zeg je tegen iemand die dood is? Ik ken een weduwe die nog heel lang de voice-mail van haar overleden man heeft ingesproken. Ze liet daarvoor zelfs zijn abonnement doorlopen. Ze wilde telkens zijn aardige stem nog een keer horen. Wat ze tegen hem zei? Dat ze van hem hield, dat hij nu maar weer eens terug

moest komen en hoe het met de kinderen ging. Ze wilde zijn auto op het grindpad horen, zijn sleutel in de voordeur, zijn jas aan de kapstok, zijn glunderende thuiskomst. Op een goede dag heeft ze het abonnement opgezegd. Hij belde toch niet terug. *Hij was er even niet!*

Hoe lang ben ik dood geweest? Een uur? Twee uur? Wanneer besloot mijn vriend mij te bellen? Hij vertelde dat hij maar heel even geaarzeld had. Hij geloofde het gewoon niet en wilde onmiddellijk zekerheid. Dus eigenlijk was ik al met al maar een minuut of vijf dood geweest. Vind ik persoonlijk aan de korte kant. In het echt hoop ik ooit langer dood te zijn.

'S Nachts droomde ik doorlopend. Beetje koortsig zelfs. Ik belde al mijn saaie kennissen en vertelde ze dat het gerucht door de stad ging dat ze leefden. Ze ontkenden dat onmiddellijk. Niks van waar. Al jaren dood. Ik was blij dat te horen. Zij waren ook opgelucht. Ze waren ook niet een beetje dood, maar echt hartstikke dood. En dat beviel heel erg goed. Ik hoefde me absoluut geen zorgen te maken!

Pracht 2008

Tweeëntachtig bushokjes aan gruzelementen. Alleen al in Almere. Jaarwisseling. Feest dus. Rammen met die handel. Tweeëntwintig scholen in de hens. Ik vrees dat dat nog steeds te maken had met het scholierenprotest van afgelopen herfst. Het benzinestation naast het Amsterdamse Hoofdbureau van Politie werd dusdanig belaagd dat het een paar uur moest sluiten. Ik herhaal: *naast* het Hoofdbureau van Politie! Stomdronken jongeren vochten elkaar daar de tent uit. Geen van hen wist meer waar het vechten om ging. De kinderen waren tussen de twaalf en de twintig. In het hele land gingen honderden auto's in de fik omdat het feest was. Brandweerlieden werden bekogeld, ambulancepersoneel gehinderd en belaagd.

Als mijn zoon hieraan had meegedaan dan hadden mijn vrouw en ik zijn jongenskamer fluitend kort en klein geslagen. Computer aan gruzelementen, ipod gesloopt, spelcomputer verwoest en al zijn shirtjes van beroemde voetbalclubs verscheurd. Als hij verbijsterd zou vragen waarom we dit gedaan hadden, zou ik hem rustig uitleggen dat mama en ik een nogal uitbundige jaarwissel hadden.

'Vooral mama ging helemaal los! Je weet het: drie glaasjes champagne en dan is ze onhoudbaar. Wel blij dat jij het snapt!'

Ondertussen las ik dat mannen met een buikje ouder worden dan die magere sportlatten en dat jongens met een alcoholprobleem veel liever in bed zijn. Ik heb het mijn vrouw inmiddels al zestien keer voorgelezen.

Ze heeft het zwaar. De Bijenkorf stopt met de verkoop van de stoute speeltjes als de eetbare string en de roze handboeien. Net als de drogisterijketen *Het Kruidvat* en het postorderbedrijf *Wehkamp*. Nederland is volgens mij mede door Heleen van Royen volslagen seksmoe! Sinds zij de meest vette echtparen heeft aangezet tot rare standjes met het licht aan is de lol er volkomen af.

Loonwerkers uit de buurt van Coevorden moesten zich eerst door drie kilo string heen happen eer ze proestend en boerend toekwamen aan dat waarvoor ze al jaren met hun vrouw de sponde deelden. Moeders lag onherkenbaar gemaskerd en gebonden in de roze handboeien geduldig te wachten tot haar man klaar was met het eten van haar slip. Hij was zijn vrouw volledig kwijt, lag te knagen aan een volslagen vreemde. Boer zoekt vrouw.

Ook goed om te weten dat het meisjesblad *Yes* vanaf nu weer gewoon een beautypakket in plaats van een vibrator als welkomstgeschenk geeft. *Yes* is voor meisjes vanaf twaalf.

Tevens kan je dit jaar gokken of Katja wel of niet zwanger wordt, Amy Winehouse in de zomer nog leeft en of Perez rond Pasen voor Feyenoord of Vitesse speelt. Het lijkt me heerlijk om mijn zinloze leven te vullen met dit soort eigentijdse shit. Ook leuk als je gearresteerd wordt wegens gokken met voorkennis. Je bent de beste vriendin van Katja of nog leuker: je bent de slijter van Amy. Gokken op alles. Ook op eredivisiewedstrijden, dus bij elke keeperblunder ga je denken. Er zijn al keepers die niet meer durven te blunderen. Of gokken op het nieuwe gouden handdrukrecord. Wie verslaat Jan Bennink van Numico? Er moet binnenkort toch iemand vertrekken met een miljard. Een terecht miljard, zoals dat in die kringen heet.
De avond valt over een koud Parijs. Ik breng al drie dagen door in rijen voor musea en heb dus alle tijd om na te denken. Eerst sta je een kleine anderhalf uur voor het Centre Pompidou om er überhaupt in te komen, eenmaal binnen mag je een uurtje voor de kassa wachten en als je daardoor toe bent aan een kleine versnapering in het restaurant dan mag je zeker weer anderhalf uur uittrekken. Dan heb je alleen pas je koffie. Maar in al die wachttijd kun je wel rustig nadenken en troost zoeken. Troost in de geduldige rij zonder voordringers voor het museum. Zolang er zoveel moois gemaakt wordt als het werk van beeldhouwer Alberto Giacometti en zoveel mensen dat willen zien zal de wereld het wel redden.

Hoop ondertussen wel dat die bushokjes in Almere op tijd hersteld zijn. Dat als die film van Wilders op televisie komt er nog wel wat te rammen valt.

Zwanger van God

De blije EO'er die mij de hele week glunderend vertelde over jongeren die veertig dagen geen seks gingen hebben shockeerde mij nogal. Waarom? Omdat ik niet wist dat EO'ers überhaupt seks hadden. Ik dacht dat zij dat niet mochten van de Here Jezus.

Ooit woonde ik een tijdje op het platteland tegenover een vrijgemaakt gereformeerd gezin dat elke zondag twee keer naar een obscure kerk wandelde. Een norse vader stijf in het pak, moeder en dochters met de meest bizarre hoedjes op de strak gekapte hoofden en zoontjes die je aankeken alsof ze ieder moment in huilen konden uitbarsten.

Zo'n gezin. Ieder greintje erotiek was er door de dominee met Gods woord persoonlijk uitgeranseld. Hel en verdoemenis wachten de zondaar die denkt: prettig gevoel in mijn buik!

's Ochtends om een uur of tien kwamen ze een beetje schichtig naar buiten en anderhalf uur later zwegen ze zichzelf terug het huis in. Vervolgens bleven ze de hele dag binnen en tegen vijven maakten ze hetzelfde tochtje nog eens. Daar spatte geen levensvreugd vanaf. Ik wist niet beter dan dat God hen het neuken en lachen persoonlijk verboden had. Hoe ze aan hun kinderen kwamen? Gewoon van God zelf, dacht ik. Die EO-meisjes huwen en na een jaartje stevig bidden voor het slapen krijgen ze vanzelf een dikke buik, waar na negen maanden een mooi gelovig kereltje of meisje uit floept. Het wonder Gods.

Zo ging het ook ooit met de maagd Maria. Iedere vorm van lust is nou eenmaal zondig in die kringen. Zelfs denken aan seks is al erg. Ik fantaseer vaak over de dominee die de hele dag bezig is om niet aan seks te denken. Ik doe dat omdat ik dan zelf aan seks kan denken. Het is toch zo dat gelovigen denken dat Adam pas een erectie kreeg toen Eva een hapje uit de appel had genomen? Dat toen het gelazer is begonnen.

Natuurlijk snap ik de blije EO'er wel. Hij wil dat seks uit de consumptiesfeer wordt gehaald en dat het wat dichter bij de liefde komt. Maar waarom? Hij vindt dat het wippen van dezelfde man met dezelfde vrouw iets moois heeft. Dat dat mooier is dan dat een vrouw af en toe denkt: zo en nou de broodnodige afwisseling even een hele grote verse neger! God heeft ze niet voor niets zo groot geschapen! Volgende week mag mijn saaie Dirk weer een paar minuten op me liggen puffen.

Waarom zijn die gelovigen zo met seks bezig? Waarom hebben ze daar allerhande regels voor gesteld? Mannen mogen niet aan elkaar frunniken, vrouwen niet met elkaar scharen en als je in je leven eenmaal een keuze hebt gemaakt dan moet je je daar levenslang aan houden. Ook als het een foute keus is geweest. En verder willen ze zich ook nog met het motief van de wip bemoeien. Het moet liefde zijn en het moet altijd met dezelfde zijn.

De meest gelovige boeren hebben er overigens geen enkel probleem mee dat een stier af en toe wordt afgerukt door hem te foppen met een nepkoe en dat zijn ingevroren sperma wordt verdeeld over honderden koeien, die het goedje met een soort pistool toegediend krijgen. Die koeien mogen helemaal nooit seks. Dat vindt God hartstikke goed!

De EO vindt het geen punt dat we soldaten hebben, dat die soldaten zich bemoeien met Afghanen die willen vechten omdat ze in hun geloof belemmerd worden, dat er wapens worden verhandeld, dat Nederland een van de grootste leveranciers van die wapens is en dat we onze kippen en varkens openlijk martelen. Dat mag allemaal van God. Maar aan een gezond potje neuken met af en toe een ander, het meest natuurlijke dat de jeugd nog heeft in dit plastic computertijdperk, moeten regels gesteld worden.

Vorige week sprak een verdrietige vriend in de kroeg tegen mij: 'Ik wou dat ik weer vrijgezel was.'

Toen ik hem vroeg waarom, sprak hij zwaarmoedig: 'Dan had ik eindelijk weer eens seks!'

Zwijgen

Eens in de zoveel tijd ben ik gast bij het televisieprogramma *Pauw & Witteman* en ik kan bevestigen dat die rode wijn inderdaad niet te zuipen is. Een decorsloebertje van niet meer dan twee euro de fles. Maar om die nou in het gezicht van de geheelonthouder Peter R. de Vries te flikkeren gaat toch ook wel ver. Hoewel? Ik kon me de frustratie van die Joran van der Sloot wel voorstellen. Peter zette hem en zijn laffe papa tijdens de uitzending op uiterst kalme wijze magistraal klem. Hoorde overigens dat Joran in eerste instantie ontkend heeft dat hij die rode wijn gegooid heeft. Na het zien van de videobeelden van NOVA besloot hij op aanraden van zijn vader te zwijgen. Te zwijgen als het graf. Wat voor graf? Een zeemansgraf!

Wie trouwens beter had kunnen zwijgen afgelopen week was de socialistische armoedebestrijder Eveline Herfkens. Hoe blond kan je reactie zijn? 160.000 Amerikaanse dollars belastingvrij verdienen, gratis wonen omdat de Nederlandse regering je huur van 7000 dollar per maand betaalt, rommelen met contracten zodat

je illegaal een verblijfsvergunning kan lospeuteren, eisen dat je *businessclas* moet vliegen en als iemand daar over valt doe je dit af als een ontstellend provinciaal Nederlands debat. Help de armoede de wereld uit en begin bij je zelf! Interessant dat Buitenlandse Zaken dus zonder enige vorm van controle die 7000 dollar uitkeert. Tip van Melkert?
Moet Eveline een glas wijn naar haar mysterieus gekapte hoofd krijgen? Ik ben niet tegen. Gewoon namens hongerend Afrika het glas van haar tafel in het sterrenrestaurant pakken en de hele inhoud over haar uitschenken. Zal geen goedkoop landwijntje zijn. Vrees dat het een hele dure Pomerol of stevige Grand Cru is. Vraag is bij wie ze het etentje declareert. Wat er nu gaat gebeuren? Ik vrees dat deze socialistische geldsnol wordt ontslagen nadat ze natuurlijk een stevige diamanten handdruk heeft gekregen. Drie jaar salaris, vier jaar huursubsidie en een miljoen schadeloosstelling. Wat zullen de hongernegers haar missen! En nu maar hopen dat ze in de VS blijft zodat ze niet meer hoeft mee te doen aan het ontstellend provinciaal Nederlands debat. Mocht ze toch berooid uit de VS terugkeren dan vindt ze vast wel een kamertje bij haar ex-partijlid Marcel van Dam. En mocht hij niet thuis geven dan kan ze misschien een klein bedragje lenen bij Wim Kok. Die boert de laatste tijd ook niet slecht.
Wie waarschijnlijk voorgoed gaan zwijgen zijn die vreselijke Cliniclowns. Iedereen die in het amusementsvak mislukt is doet een rode dop op zijn neus, trekt een

paar te grote schoenen aan en gaat doodzieke kinderen, die zich amper kunnen verweren, lastigvallen met allerhande kromme praatjes. Regelmatig lees ik dat het de kinderen heel erg opvrolijkt. Maar dat zijn altijd woorden van die Cliniclowns zelf. Ik heb nog nooit een kind enthousiast over deze komisch bedoelde beunhazen gehoord. Ik denk vaak aan die kale kankerkoppies, die kotsend van de chemotherapie al die onbenullige onzin van die mislukkelingen moeten ondergaan. Ben je doodziek en krijg je ook nog zo'n kneus aan je bed. Gelukkig is er nu een onderzoek onder de kinderen zelf geweest en de uitslag is huiveringwekkend. De meeste kinderen vinden die aanstellers angstaanjagend en absoluut niet leuk. Oudere kinderen vinden de clowns ronduit eng en eigenaardig.
Kortom: leg de Cliniclowns wettelijk het zwijgen op. Laat de minister keihard ingrijpen. In het belang van de volksgezondheid. Voor sommige kinderen zijn het de laatste uurtjes op aarde en die minuten hoeven toch niet door deze potsenmakers verpest te worden? Hoewel? Misschien verlicht het het afscheid. Een zachte vorm van euthanasie. Dat je die verschrikkelijke grapjassen op de gang hoort aankomen en dat je uit pure angst je laatste adem inhoudt.
Zwijgen. Daar gaat het komende week ook om. Wat doet Wilders? Zegt hij dat zijn film een grap was? Of gaan alle Nederlandse ambassades wereldwijd de fik in? Hoeveel doden gaan er vallen? Zal je net zien dat Eveline op de ambassade haar subsidies staat te regelen. Wordt ze toch nog martelares.

Youptube

Iemand al naar *Baby te huur* op BNN gekeken? Wat dat is? Een televisieprogramma waarin puberstelletjes mogen oefenen met een baby. Of die baby een pop is? Nee, de baby is gemaakt van echte baby. Dus er zijn ouders en die hebben hun baby ter beschikking gesteld van de kijkcijfers en die mogen op televisie zien hoe er met hun oogappel gehannest wordt. Die puberstelletjes zijn zo dom dat je al blij mag zijn dat ze de volgescheten luier bij de baby niet als hoofddoek ombinden. Waarom dit programma gemaakt wordt? Geen idee. Dat jongeren kunnen zien wat er zoal komt kijken bij het exploiteren van een kind? Ik denk dat dat de bedoeling is. Dat we het dus moeten zien als een stukje info en begeleiding.

Omdat succesvolle formats gekopieerd dienen te worden ben ik met mijn nieuwe televisieproductiemaatschappij *Youptube* aan de slag gegaan en ik heb voor de bejaardenomroep MAX een programma bedacht dat vanaf april 2009 gaat draaien. Dit programma heet *De Oude Kooi.* Heel veel mensen weten niet hoe ze met

BRIEF VAN YOUP

Waarde lezer,

Soms gaat er iets mis. Iets mis in een arbeidsproces. Gewoon door een dom misverstand tussen twee aardige mensen. Zo ook bij deze bundel: Bacteriën moeten ook leven. *'Lang zal ie leven' had het slot van het boek moeten zijn en is er op de een of andere manier niet in terechtgekomen. En dat mag niet. Niet alleen omdat de laatste woorden van deze column de titel van het boek verklaren, maar ook omdat het een verhaal is dat ik per se met u wil delen. Wat mij betreft gaat het ergens over. Daarom stuur ik u dit verhaal op deze manier na. En mocht u deze brief kwijtraken: de column staat ook nog op www.youp.nl. Beetje raar? Heel raar. Maar zo moeten dingen soms!*

In de volgende druk komt het verhaal gewoon achterin. Daar waar het hoort. Ondertussen veel leesplezier en een mooie groet,

Youp

Lang zal ie leven

Discussie met mijn vrouw. Gaat over later. Of ik in het bejaardenreservaat wel of niet gereanimeerd wil worden. Mijn vrouw is tegen.

'Dus jij wil niet gereanimeerd worden?' vraag ik haar aarzelend.

'Ik wel, maar jij niet,' is haar korte en bondige antwoord. Ze lacht me iets te vrolijk, dus ik houd wijselijk mijn mond.

Ik vond het wel een lieve enquête in dat Amersfoortse verzorgingshuis. De directeur vroeg heel keurig aan de bewoners of ze even aan wilden geven of na een eventuele hartstilstand de ambulance of de lijkwagen moest worden gebeld. Goede keus. Hij vroeg het aan mensen van wie een meerderheid soppend in de eigen urine naar buiten zit te staren. Wachtend op bezoek dat hen meestal is vergeten.

De vader van een vriendin van mij was negenentachtig toen hij een longontsteking kreeg. Een fikse zelfs. Hoge koorts, kraaloogjes en amper nog kracht om te praten. Vroeger noemde men deze kwaal *an old man's friend.* Hij zorgde er voor dat je redelijk pijnloos kon gaan hemelen. Maar tegenwoordig zijn

Y

Dit is een eenmalige uitgave bij *BACTERIËN MOETEN OOK LEVEN* ze medisch heel ver. De vader werd naar een ziekenhuis vervoerd en kreeg antibiotica per infuus. Na een paar dagen knapte hij weer op. Niet helemaal natuurlijk. Hij kon niet meer naar huis omdat dat op drie hoog was. Het werd een verzorgingshuis. De oude man zag het als een groot verdriet, maar het was niet anders. Zijn vrouw, met wie hij zestig jaar samen was, mocht niet mee naar dat tehuis. Zij was namelijk niet ziek. Ze mocht wel hele dagen bij hem op bezoek komen, maar 's avonds moest ze naar huis. Verzekeringskwestie. De oude man leefde nog drie jaar en in die tijd flikkerde hij een keer uit bed, gleed uit in de douche en knalde nog een keer vrolijk op de koude toiletvloer. Dit resulteerde in respectievelijk een gebroken heup, een elleboogfractuur en een zestien hechtingen in zijn rechterarm. Wat hij de hele dag deed? Niks. Hij keek televisie zonder geluid omdat geen enkel hoorapparaat hem nog kon helpen. Tussendoor kwam er nog een pacemakeradvies van een cardioloog. Dan kon meneer nog jaren mee. Ook mocht hij, als hij dat gewild had, meedoen aan een of ander project in het ziekenhuis. Ouderen na een val heette dat. Zijn kinderen beslisten voor hem dat hij dat niet meer wilde. Ook de pacemaker werd beleefd geweigerd. Uiteindelijk stierf hij een natuurlijke dood. Zijn sterfbed komt zo goed als zeker in het *Guinness Book of Records* omdat het wel zeven maanden duurde. Toch knap van de dokters dat de oude baas na die longontsteking nog drie jaar in bed heeft mogen doorliggen. Als hij 's morgens al zijn pillen had genomen dan hoefde hij niet meer te ontbijten. Er kon geen boterham meer bij. Zijn vrouw is in de drie jaar dat ze hondstrouw aan zijn bed zat volledig de weg kwijt geraakt. Drie jaar daarvoor was ze geestelijk nog kraakhelder en meer dan zeer goed ter been.

Mijn vriendin wil achteraf geen kwaad woord horen over de verzorging van haar vader. Louter liefde omringde hem. Ook geen wanklank over de huisarts, die de oudjes dag en nacht terzijde stond. En zeker niks negatiefs over de longarts en de internist en de fysio en de cardioloog en de pedicure en de dominee en de ergotherapeut en de ambulancebroeders en de rolstoeltaxichauffeurs en de apotheek die wekelijks kilo's luiers en andere shit zijn kamer in sleepte. Maar ze vraagt zich wel af waarom de longontsteking zijn humane werk niet mocht doen. In wiens belang haar vader nog drie jaar door moest? En met haar vader tienduizenden andere vaders en moeders.

Af en toe denk ik aan mijn eigen einde. De dag dat ik in de tachtig ben en de longontsteking beleefd aanbelt. De koorts bezorgt me ongetwijfeld een mooie roes en als de dokter me dan antibiotica aanbiedt, zal ik heel zacht fluisteren: 'Doe maar niet dokter. Het is wel goed zo. *Bacteriën moeten ook leven!*'

hun demente vader of moeder moeten omgaan. Bij een Alzheimer-mama of een Korsakov-papa komt meer kijken dan je in eerste instantie denkt. Dus gaan we een serie maken met een oefendemente. We hebben in Laren een mooie villa gehuurd en in alle kamers camera's opgehangen. Het beproefde *Big Brother*-concept. Hierin komt een echtpaar van een jaar of vijftig en die gaan voor hun bejaarde ouders zorgen, waarvan er minimaal eentje helemaal van de leg moet zijn. Een moeder die de afwasmachine voor de magnetron aanziet en de vuile vaat in de afvalcontainer deponeert. Of iets van die strekking. En de vader moet dat dan proberen te redden, maar dat gaat moeilijk vanuit zijn rolstoel. Hoe gaat dat echtpaar daarmee om? Hoe vaak verschoon je mama? Sluit je haar op als je even een uurtje naar *Boer zoekt vrouw* wilt loeren? Of is dit juist een programma op haar niveau? Ga je met haar voor de klok staan en zeg je: 'Kijk mama, een klok!' en moet mama dat dan herhalen? Of ga je voor een klok staan en zeg je: 'Kijk mama, een stereo-installatie!' omdat je zelf ook nog wat humor in je leven wilt houden. Waarvoor dit programma gemaakt wordt? Uiteraard voor de kijkcijfers. Het moet een hit zijn om ongegeneerd naar een gestoorde te kijken. En het is opvoedkundig. Mensen weten wat ze te wachten staat als hun ouders beginnen te schemeren. *De Oude Kooi* is ook nog eens 24 uur op internet te volgen.

Het tweede programma dat ik ontwikkel is *Wie een kuil graaft voor een ander* en dan kun je oefenen met het overlijden van een geliefde. Hoe dat werkt? We nemen een dooie zwerver, die normaal in een zerkloos gemeentegraf zou verdwijnen en die baren we op bij mensen thuis, een vrijwillig stel dat wel wil oefenen met een dode vader. Er wordt gefluisterd, gecondoleerd, gekist en daarna begraven of gecremeerd. Je kun oefenen op de speech. Nadenken over wat je aantrekt. Wil je cake bij de koffie? Kiezen we voor iets religieus of schuiven we hem zonder geestelijke bijstand in de oven? Je kunt begraven en cremeren nou eenmaal niet oefenen en nu dus een beetje wel. De Nederlandse Vereniging van Uitvaartverzorgers sponsort het programma dat vanaf september bij het Humanistisch Verbond te zien zal zijn. Alle partijen verwachten er erg veel van. Ook de verdeling van vaders zogenaamde inboedel komt aan bod. We filmen een prachtige ruzie over een taartschep in de aflevering *Wie krijgt de piano?*

Youptube is een jong bedrijf en er wordt met passie gewerkt. Heb je een idee, meld je bij ons. We zijn nu voor TMF bezig met een serie *Cavia Piercen.* Veel jongeren zouden het leuk vinden als hun cavia minder saai was. Hoe pimp je het beestje op? Dat kan met een ander kapsel, een felle kleur (bijvoorbeeld in de kleuren van je favoriete voetbalclub!), maar ook met een stoere piercing door zijn oor. Het is gewoon een kwestie van durven. Volgende week vertel ik over *Comazuipen met je Pitbull.*

Peterrrrr

Waar kijkt Joran zondagavond naar de grote Peter R. de Vries-uitzending? Drinkt hij er een glaasje rode wijn bij? Proost hij met dat glaasje op Peter? Hoe groot is de paniek bij *Boer zoekt vrouw*? Dat tuttige programma zou deze week door de grens van negen miljoen bejaarde kijkers gaan en die handel stort nu natuurlijk radeloos in. Iedereen gaat morgenavond glashard voor Peter.

Eerlijk gezegd heb ik een beetje het ouderwetse Europacupgevoel en ik ben dan ook al door diverse mensen gebeld met de vraag of we samen zullen kijken. Met een paar families bij elkaar. Dat we er een gezellige avond van maken. Beetje Franse kaas, mooi flesje bourgogne en dan breed zitten voor de platte buis. Maken we een pooltje? Dat iedereen mag zeggen hoe het gebeurd is. En wie het dichtst bij de waarheid zit die krijgt de pot. Hoeveel zet je in? Tientje? Honderd? Bij welk bedrag wordt het gênant? Wat ik denk dat er gebeurd is? Volgens mij is ze gewoon verzopen. Ze hebben eerst op het strand *Deep Throat* gespeeld, waarna

ze even is gaan zwemmen. Maar dan wel katjelam en knetterstoned. Zoiets.
En toen is ze gewoon voor eeuwig kopje-onder gegaan. Hij heeft nog een tijd paniekerig staan roepen, maar ze kwam letterlijk en figuurlijk nooit meer boven water. Wat moest hij doen? Wie gelooft zijn verhaal?
Of zal hij nog gezien hebben hoe ze bij het ochtendgloren door een paar hongerige haaien werd opgepeuzeld? Misschien heeft hij wel gezien hoe ze zwaaiend op de rug van een dolfijn aan de einder verdween. Het eind van een iets te zoete film. Maar wie gelooft dat?
Zal Peter analytici inzetten? Dat halverwege de uitzending die kale van RTL-*Boulevard* aanschuift en als een soort Jan van Halst met zijn laptop kringetjes op het strand tekent, zodat we weten waar Joran en Natalee lagen. Komt Klaas Wilting als ervaringsdeskundige nog in beeld? Of is hij namens ome Dirk Scheringa te druk met de opsporing van Alvez, die bij nader inzien ook bij Ajax, Heracles, Anderlecht, Club Brugge en FC Groningen getekend schijnt te hebben? Hoewel ik niet denk dat hij bij Ajax heeft getekend. Daar is hij te jong voor. Ajax zoekt uitsluitend mannen in de herfst van hun carrière. Voetballers die gezapig willen afbouwen. Dat de voorzitter van Ajax de ballen verstand van voetbal heeft is niet erg, maar dat de technisch directeur vooral zoekt op het niveau Helmond Sport en Veendam baart me zorgen. Meneer Van Geel: u werkt voor Ajax, winnaar van drie Europacups en een Champions League! Een club die ooit heerste, een wereldcup ver-

overde. Dit armzalige clubje krijgt nu klop van Excelsior, krijgt *voetballes* van NAC. Las dat Ajax misschien een nieuw stadion vlak bij Almere krijgt. Kunnen ze tegen die tijd mooi overgenomen worden door Omniworld. Mag het bestuur de hele dag in een taxi zitten. Dat is een goede gewoonte in die gemeente! En niet alleen het bestuur, ook de kinderen en overige familieleden. Geen spelersbus, maar taxi's. Ziet eruit als een rouwstoet. Symbolisch?

Maar terug naar Peter morgenavond. Iets wat in twee minuten verteld kan worden wordt over twee uur uitgewalst. Paar reclameblokjes tussendoor, veel suggestieve muziekjes eronder en heel veel informatie die we al tweeënhalf jaar kennen. En let vooral op de toon van de voice over. Misschien is het leuk als er ook een samenvatting komt. Gewoon uurtje. Met je bord op schoot.

Blijft de vraag: waar kijkt Joran? Misschien wel op een groot scherm in de Arnhemse disco Manhattan. Dat hij dampend en dansend naar zijn eigen bekentenissen staat te gluren. Af en toe mobiel bellend met zijn ouders op Aruba. (Moeder Van der Sloot: 'Ik zag je op die foto op internet alleen in een T-shirt. Trek wat aan. Voor je het weet vat je kou!') Op welke muziek danst hij? *I will survive*? En dan komt het moment dat de disco gaat sluiten. Buiten dromt het jonge volk samen. Dan moet hij het haar toch vragen. Wat zegt hij tegen dat blonde, beetje dronken meisje? Gaat hij haar thuisbrengen?

For president!

Stond ik daar in Drachten op dat tochtige pleintje met een kleine duizend andere SBS-debielen te wachten tot Joran naar buiten zou komen om hem middeleeuws te lynchen, ging mijn telefoon. Amerikaanse vrienden. Ik ging er van uit dat ze het programma van Peter R. gezien hadden en net als ik een beetje in de war waren. Ik dacht in eerste instantie dat die Patrick gespeeld werd door de Chileen Da Silva, die gozer die toentertijd Mabeltje ontmaskerde als het vooronderliefje van dominee Bruinsma. *Zij was die waif van die Lange!* Ik dacht even: Peter heeft een vaste kliek acteurs die hij kan laten opdraven voor dit soort klusjes. Maar daar belden mijn vrienden niet voor. Misschien wilden ze praten over het scheerwondje op Patrick zijn wang, maar ook dat interesseerde ze niet. De hele zaak Holloway zal ze jeuken. Volgens mijn Amerikaanse vrienden is het simpel: Joran heeft haar gewoon ordinair vermoord en daarna heeft zijn vader hem geholpen bij het wegwerken van het lijk. Dat vond die vader best een vervelende klus want hij zat net porno te downloaden op de com-

puter van zijn zoon. Ik legde hun uit dat het mij verder ook worst zou wezen, maar dat ik het programma nog wel een aantal malen zal gebruiken om mijn kinderen van het blowen af te houden. Wiet maakt meer kapot dan je lief is!
Nee, mijn vrienden belden over iets heel anders. Amerika was in rep en roer. Twee dagen voor *Super Tuesday* was bekend geworden dat Wouter Bos, de Nederlandse minister van Financiën, zich openlijk had uitgesproken voor Barack Obama. Het hele land stond op zijn kop. De vrouw van Obama was openlijk ontroerd, Hillary had vol woede en ongeloof naar het televisiescherm gekeken waarop Larry King de keuze van Wouter bekendmaakte en Obama had gestameld: 'Thank you Wouter, thank you very, very much!' Het nieuws is van coast tot coast gegaan, de internetsite van Barack is tijdelijk vastgelopen en zelfs de Republikein MacCain was even uit het veld geslagen. Hij heeft het uiteraard niet hardop gezegd, maar hij acht zich in november kansloos als Obama zijn tegenstander is. Hij vindt het onbegrijpelijk dat Wouter zich zo vroeg heeft uitgesproken. Eigenlijk is nu alle spanning uit de verkiezingsstrijd. Een deel van Amerika baalt openlijk.
Hillary was terecht des duivels en heeft Bill opdracht gegeven om zich snoeihard te beklagen bij Jan Peter. Hij heeft onze premier telefonisch uitgelegd dat het geen pas geeft als een minister van een bevriende natie zich mengt in zulke belangrijke zaken. Bill zei letterlijk: 'Wouter weet hoe belangrijk hij is, hoe zijn ware woor-

den worden gewogen en daarom is het onaanvaardbaar dat hij zich in dit stadium al uitspreekt voor Obama!' Bill was kwaad, emotioneel, verbolgen en het was duidelijk dat hij het er niet bij liet zitten. Jan Peter zei dat Bill gelijk had en dat hij zou kijken wat hij nog kon doen, maar Bill maakte duidelijk dat het al te laat was.
Ik was verbijsterd toen ik dit allemaal hoorde in Drachten op het pleintje waar ik met mijn mes klaarstond om die Joran net zo'n houw over zijn gezicht te geven als zijn ondervrager Patrick. Maar opeens had ik geen zin meer. Alle lust tot lynchen was me ontnomen door de domme actie van Woutertje. Ik vertelde het aan de andere SBS-kijkers en die vroegen me of ik ze eerst wilde uitleggen wie Obama, Clinton en MacCain waren. Daarna heb ik ze verteld dat er binnenkort Amerikaanse presidentsverkiezingen worden gehouden, waarna ik heb uitgelegd wie Wouter Bos is.
'Dus Wouter Bos wil president van Amerika worden?' vroeg een van de agressieve kijkers, die verdacht veel op zijn eigen honkbalknuppel leek. Ik zei dat dat zo was. Dat scheelde me een uurtje en hem maakte het verder toch niet uit.
Door de nacht reed ik zachtjes naar huis. Peter R. for president? Joran for president? Patrick? Wouter? Ik vond het allemaal even goed!

Schaamrood

Er was een soort feestje bij de PvdA. Ze vierden afgelopen woensdag dat ze het een jaar met Balkje en Rouvoet hadden uitgehouden. Dat is wel een party waard. Hoe ze het vierden? Met een soort talkshow. De bewindslieden werden ondervraagd door Wouke van Scherrenburg, bekend van het fameuze *Ga toch koken mens* van wijlen Pim Fortuyn. Dit soort feestjes noemt men een charmeoffensief. Je vraagt een interviewer, die in een ver verleden nog wel een beetje kritische uitstraling had, en geeft haar opdracht om niet al te moeilijke vragen te stellen. De bewindslieden kunnen dan lekker borstkloppen over hun geweldige resultaten. Tragisch? Ja! Tragisch en aandoenlijk. Als niemand je kietelt dan moet je het zelf doen.

Ik moest vooral lachen om Wouter Bos die op televisie geïnterviewd werd naast een blad vol glazen met feestelijke bubbels. Hij haastte zich om te zeggen dat het geen champagne was, maar hele goedkope shit van de Lidl of de Aldi. Waarom Wouter? Waarom zo Hollands? Waarom zo kneuterig? Waarom niet gewoon zeggen dat het een welverdiende Moët & Chandon is? Of een heerlijke Bollinger Grande Année 1999! Waarom drink je rommel? Om aan te tonen dat je gewoon gebleven bent? Dat socialisten niet mogen genieten? Die humorloze kneuterigheid maakt de Nederlandse politiek zo aandoenlijk. Zo intens burgerlijk. Bang dat de mensen denken dat je echte champagne drinkt? Een ouderwetse spruitjesgeur kwam uit mijn televisie. Waarom niet iets meer *joie de vivre*? Een klein vleugje humor! Beetje lucht. Waarom vertel je niet dat de beveiliging van Ayaan opgelost is en geregeld wordt door de inmiddels terugbetaalde huursubsidie van Evelien Herfkens? Of vertel de waarheid! Dat je je schaamt dat Guusje ter Horst nog steeds niet meer geld heeft kunnen vinden voor de zwaar onderbetaalde politie? Of leg uit dat de schnabbel van Wouke tot stand is gekomen door bemiddeling van Wim Kok, die haar kent van de ING. Hij is daar een vet betaalde commissaris en zij een soort tragische *tante op een houtvlot* in een abominabele Ster-spot, waarin ik ook opeens een vergane Jiskefet-coryfee zag opduiken.

Interessant dat een serieuze partijleider en minister van Financiën zich laat lenen voor een toneelstukje waar een middelbare school zich voor zou schamen. Wie bedenkt dit? Het reclamebureau van de PvdA? Zitten die omstreden gladjakkers Booij en Van Bruggen er weer achter? Ik heb het over de subsidie slurpende neefjes van Felix Rottenberg. *De Jacobse en Van Es* binnen de organisatiebureaus. Wat is de reden dat je een

jaar regeren gaat vieren? Een jaar waarvan je honderd dagen niet geregeerd hebt maar truttige, voorgeprogrammeerde werkbezoekjes in het land aflegde. Dat heeft toch iets lulligs? Waarom laat je je leiden door communicatiestrategen, die geen enkel contact meer met de achterban hebben? Waren er woensdag nog wel echte leden onder je gehoor of louter partijbobo's die elkaar hartelijk op de schouder sloegen? Kwamen er nog kritische vragen uit de zaal? Is de naam Tineke Netelenbos nog gevallen? Kwam Jacques Wallage nog even langs? Was Tineke aanwezig of is het haar niet gelukt om een taxi te krijgen op het Amsterdamse Centraal Station omdat het ritje te kort was?
Vaak vragen politici zich af waarom de mensen vervreemden van de Haagse poppenkast. Door dit soort amateurtoneel, Wouter. Schaamteloos preken voor eigen parochie. Dat is toch een linkse partij onwaardig. En als je het toch doet, doe het dan goed. Neem dan geen mevrouw die zich heeft uitgeleverd aan een bank en zuip echte champagne omdat je vindt dat het afgelopen jaar goed gegaan is. Laat de echte leden vragen stellen, ga met ze in debat, geef antwoord op kritische vragen, stel voor mijn part je standpunt ter plekke bij, maar hou je ver van dit soort droeve pr-feestjes, waar je een beetje staat te flirten met de woorden van de charismatische Obama. *Yes we can*? *Yes we could* zul je bedoelen. Ooit. Lang, lang geleden!
Vroeger hadden we het over de rooien als het over de PvdA ging. Voorlopig zou ik daar maar de *schaamrooien* van maken.

Tweede garnituur

John Travolta belde me. Hij was boos. Hij zou gast zijn bij Oprah en dat ging op het laatste moment niet door. Dat vond hij nog tot daar aan toe, maar dat hij niet werd afgebeld door Oprah zelf vond hij het ergste. Hij was teruggebeld door iemand van het tweede garnituur, zoals hij een redacteur fijnzinnig noemde.
Meryl Streep had ook al de pest in. Vorige keer zou ze vier minuten praten over een boekje dat een collega over haar geschreven had en uiteindelijk had Oprah er maar twee minuten aan besteed. Ik vertelde dat het inderdaad schande was. Onverdraaglijk zelfs. Tijd voor een slachtoffervereniging. Als ik hem was zou ik, net als een cabaretcollega van mij, *de Volkskrant* bellen om zijn beklag te doen. Die plaatsen zo'n bericht meteen groot op de mediapagina.
John vroeg hoe ik dat deed als vedette en ik legde hem uit dat ik uitsluitend op het hoogste niveau communiceerde. Als ik de VARA bel dan word ik automatisch doorverbonden met Vera Keur. En het maakt niet uit waar ze is. Of ze nou in een skilift hangt of met een gro-

te neger staat te douchen, als ik bel komt ze aan de lijn. En hoe dat met mijn boekjes gaat? Die lopen vanzelf. Daar hoef ik geen reclame voor te maken. Niks is sneuer dan dat je op televisie een poging moet doen je boekje te verkopen of je zaaltje vol te lullen!
John was diep onder de indruk. Vooral toen ik hem uitlegde dat hij niet mijzelf aan de lijn had, maar een medewerker van mijn kantoor, die namens mij sprak. Ik kom zelden zelf aan de telefoon. Zelfs niet voor Trix. Daarop legde ik hem uit dat hij mij wel degelijk aan de lijn had en dat dit mijn gevoel voor humor was.
'Who the fuck is Trix?' vroeg Travolta.
'Onze koningin, die haar baantje te danken heeft aan een socialistische premier, die een tweede smeergeldaffaire van haar vader op een cruciaal moment in de doofpot gestopt heeft.'
'Een tweede smeergeldzaak?' vroeg Travolta verbaasd.
Ik vertelde dat het ook om de derde, de vierde of misschien wel de twintigste affaire zou kunnen gaan.
De vader van onze majesteit snaaide en naaide er koninklijk op los. Inmiddels zijn er twee buitenechtelijke kinderen officieel toegegeven, maar als je een beetje oplet in de omgeving van Soest en Baarn dan zie je heel veel vijftigers die op die rare Duitser lijken! Het vermoeden is zelfs dat alles wat in ons land een uniform draagt indirect familie van onze koningin is.
Omdat we het toch over het tweede garnituur hadden vroeg hij of het waar is dat bij het ooit zo grote Ajax Bakircioglu, Colin, Delorge, Kuffour en Urzaiz onder

contract staan. Volgens *The New York Times* hangt er in de kleedkamer een penetrante urinegeur van incontinente bejaarden. Niet te harden voor de jonge spelers, die dan ook allemaal weg willen naar echte voetbalclubs.

Ze gaan zelfs onderzoeken of technisch directeur Van Geel niet betaald is door PSV en Feyenoord om Ajax fundamenteel naar de kloten te helpen. We babbelden nog wat over het feest dat we bij Ajax gaan vieren omdat we binnenkort de tweehonderdste grasmat in de Arena krijgen en dat het met de club zo droef gesteld is dat alleen nog een verzekeringsmaatschappij dit schadegeval de komende jaren wil sponsoren. Iedereen is in dit geval De Verlosser. Toen viel het stil. Doodstil. Ik hoorde een vreemd gegiebel. Ik was er duidelijk ingetuind.

'John?' riep ik een beetje nerveus, waarna een hard gelach volgde.

Hierop vertelde John dat hij Erik van Muiswinkel was die John Travolta imiteerde. Ik vroeg hem namens de gehandicapte sporters of de Paralympics wel in Peking mochten. Door het bewind van de overheid is er in China namelijk een groot invalidenoverschot. Gunt hij deze verminkte drommels nog een verzetje?

Daarna hing ik naakt op. Naakt? Naakt ja. Ik draag namelijk sinds een week principieel geen kleding meer die door Chinese handen is gegaan en dan blijft er inderdaad niks over.

Mevrouw Wilders

Moet zo vaak aan mevrouw Wilders denken. Ik heb het over de vrouw van onze Geert. Ieder huwelijk is ingewikkeld, maar dit samenzijn lijkt me heel problematisch. Ik bedoel: je wilt de liefde toch af en toe een beetje vieren.

Leuke ongecompliceerde vakantie op een zonnig strand, potje dom skiën op een afgeragde alp, een vrolijk etentje in een goed restaurant, filmpje pikken met zijn tweeën, avondje stevige popmuziek, weekendje Barcelona, Londen of Parijs, tot diep in de nacht doorzakken in een donkerbruin café. Ik noem maar wat.

Stil huisje in Drenthe mag ook. Of gewoon de auto pakken en op de bonnefooi Europa in. Of verder! Samen reizen door India of Pakistan. Los van de dagelijkse beslommeringen. Ver van het werk. Even het volle hoofd opschonen.

Hoe zal het met mevrouw Wilders gaan? Ik denk dat ze van Geert houdt, volledig achter hem staat, hem steunt waar hij gesteund moet worden en dat ze hem regel-

matig helpt bij het blonderen van zijn toch wat homoseksueel ogende kuif.
Zal ze vaak voor hem koken? Hem helpen bij zijn declaraties? Naar hem luisteren als hij babbelt over zijn oververmoeide stokpaardjes? Zal ze wel eens zeggen dat die paardjes al een tijdje hunkeren naar een grazige weide en een warme stal? Ik vrees dat ze dat best wel eens doet. Maar ook niet te vaak.
Geert is natuurlijk een eenzame man, die de woede van een miljard gelovige mensen op zijn hals heeft gehaald. Een hals die volgens een extreme minderheid doorgesneden moet worden. Doorgesneden door mensen die dat graag doen omdat ze geloven dat ze dan nog hoger in hun hemel zullen komen.
Geert weet dat hij niet meer terug kan. Zeker niet nu Al-Qaeda een prijs op zijn curieuze hoofd heeft gezet. Hij is furieus. Verhagen kan de pot op, Balkenende moet zijn laffe bek opentrekken en de rest van zijn politieke collega's zijn watjes en slapjanussen. Alleen Rita stuurde hem een opbeurende sms. Mevrouw Wilders ziet hem worstelen. Worstelen met zijn grote gelijk. Hij mag zeggen wat hij wil omdat hij vindt dat anderen dat ook mogen. Als iemand hem een opgespoten Mozart noemt dan moet dat kunnen, net zoals hij vindt dat de verzuurde strakgetrokken rimpeldoos Jerney Kaagman een zwarte muts een zwarte muts mag noemen. Alles mag van Geert.
Maar mevrouw Wilders denkt ook aan dat Nederlandse gezin dat al heel lang in Soedan woont en ze vreest

voor de gevolgen van de film. Of ze ziet het bange personeel van de Nederlandse ambassades in Pakistan en Egypte, medewerkers die de verhalen van hun Deense collega's kennen. Is dat het waard?

'Nooit wijken voor terreur,' zegt Geert en dat vindt zij ook, maar in haar dromen ziet ze de Nederlandse kinderen die afgeslacht zullen worden door fanatici. Kinderen die geen idee hebben wie Geert is. Mevrouw Wilders kijkt vaak naar Geert en zijn bewakers. Geert en zijn gelijk.

Geert en zijn labyrint zonder nooduitgang. Zijn leven is ingewikkelder geworden dan het computersysteem van de Belastingdienst. Waar kan hij nog heen? Naast Joran in het gesticht? Ze weet het niet. Ze houdt zo van hem en dit is de prijs die ze betaalt. Ze kan eigenlijk alleen nog in een boerka over straat. Net als Geert zelf. Heel af en toe biggelt er een traan over haar meisjeswang. Meestal als Geert niet thuis is. Hij hoeft het niet te zien. Ze wil een sterke vrouw zijn. Een krachtige mevrouw Wilders. Geert legt op de koude zolderkamer de laatste hand aan zijn definitieve doodvonnis. De film zal haat zaaien. Hij weet het. Zij weet het.

Mevrouw Wilders droomt. Ze droomt dat ze deserteert. Ze staat haar plaats grootmoedig af aan Ayaan. Onze Ayaan, die ook geen kant meer op kan. Geert & Ayaan, een droomstel voor velen. Levenslang en gelukkig in hun bunker. En mevrouw Wilders? Die gaat een weekje skiën met een van de bewakers en verdwijnt daarna voor eeuwig in de massa. Noemen we dat opgelost?

Vet kicken!

Eindelijk: Seks mag in het Vondelpark. Mijn vrouw en ik hebben er jaren naar gesnakt. Elke keer als we door dat stukje Amsterdam fietsen hoeven we elkaar alleen maar aan te kijken om intens opgewonden te raken. We weten allebei waar we naar verlangen. De bosjes naast het rosarium. Daar gebeurt het namelijk. Tot nu toe werd seks in het park gedoogd, maar wettelijk mocht het niet. Het was illegaal. En wij zijn nogal brave burgers dus wij krakten netjes twee keer per week heel suf in de echtelijke sponde. Gordijntjes dicht en verwarming aan. Geeuwende routinewipjes.

Maar nu is het er door. Seks mag! Heerlijk tussen de homo's in de bosjes. Naast de speeltuin. Misschien is dat nog wel het meest inspirerende. Dat je van bil gaat met uitzicht op de wipkip. Mijn vrouw vroeg zich af of we het in het donker niet een keer op het klimrek kunnen doen, maar dat mag niet van de gemeente. Het moet in de bosjes. Maar we kunnen natuurlijk wel onze kleren aan het klimrek hangen. Heb zo'n hekel aan modder aan mijn string. En erg aardig van de gemeente dat ze prullenbakken tussen de bosjes gaan plaatsen. Handig voor condooms en tissues. Anders geeft het zo'n rommel. Nog aardiger vind ik het dat vanaf nu de honden in het park aan de lijn moeten. Verplicht! Dat is ook wel nodig als je de wippende medemens tegemoet wil komen. Moet er niet aan denken dat je net lekker bezig bent en je voelt gesnuffel aan je snikkel. Zo'n koude natte hondenneus. Daarbij is het ook beter voor de honden. Ik bedoel: het is niet goed als zij het gesjor en gepor van hun baasjes zien. Het zou ze maar op rare gedachten kunnen brengen. Voor je het weet klimmen die beestjes op elkaar om ook lekker te hutseflutsen. Maar die viezigheid willen we niet. Dat doen ze maar mooi thuis.

Ons bestaan heeft weer zin. En niet alleen door het Vondelpark. Nee, er is meer. Veel meer! Er komt ook weer echt leuk amusement op de tv. Ik zag donderdag bij *De Wereld Draait Door* twee opgeschoten BNN-jongeren en die waren zo enthousiast over hun nieuwe programma, een variant op *Try Before You Die*. Het meisje van het tweetal had voor dat laatste programma al een keer aan een noodrem getrokken. Dat was echt onwijs kicken. Maar in het nieuwe programma gaan ze wel wat verder. Ze moeten op commando van STER-acteur Peer Mascini ('ik zei nog zo: geen bommetje!') een beker stierensperma drinken, een bejaarde zijn gebit uit zijn mond tongen of een oma van achter nemen, terwijl ze voorovergebogen op haar rollator steunt. De oma moet uiteraard wel vrijwillig meewerken, maar dat spreekt voor zich. Vlak voordat Matthijs van Nieuwkerk dit dartele tweetal interviewde sprak hij met een man die kunst van drollen had gemaakt. Om precies te zijn: familiedrollen. De stront van zijn gezin. Als zijn vrouw moest schijten kreeg ze een bordje mee naar de wc, alwaar ze haar drol op moest draaien. Hij vroor die bolus in en deed er later wat leuks mee. Die vrouw deed dat. Die werkte mee. *Alles voor de kunst* zullen we maar zeggen. De kunstenaar vertelde ook nog dat hij wel eens een drol had opgegeten. Het tweetal van BNN vond dat een goed idee en ging dat zeker aan hun uitdagingenlijstje toevoegen. Ik dacht onmiddellijk aan een politieke drol. Een van Rita met een glas urine van onze Geert. Da's toch vet kicken!

's Avonds meldden mijn vrouw en ik ons in het Vondelpark tussen de cruisende nichten. Op het gras zat het eerder genoemde BNN-tweetal verjaardagsslingers te maken van de gebruikte condooms, terwijl twee andere programmamedewerkers aan hondendrollen likten. Peer Mascini zat er hard bij te lachen. Ondertussen stonden zeven mensen met hun telefoon klaar om mijn vrouw en mij te filmen. We zijn inmiddels een hit op *You Tube*. En opeens barstte ik midden in het park in snikken uit. Waarom? Geen idee!

Groot gelijk

Een paar weken geleden mocht ik in *Nova* een pleidooi houden voor het zogenaamde bord op schoot, ofwel het voetbal terug bij de NOS. En wel om zeven uur 's avonds zodat mijn neefjes van nog geen tien jaar oud ook kunnen kijken. Verder vertelde ik dat het absoluut niet langer dan een uur mocht duren en dat de analytici wat mij betreft met vervroegd pensioen konden.
Weg met de laptop en de lullige kringetjes. Gewoon een uur voetbal, voetbal en nog eens voetbal. Zonder hinderlijke reclameblokken. Interviews? Kort en krachtig. Van Gaal op de kast is altijd leuk. Maar verder niks. Het drie jaar geleden door John de Mol op brute wijze geroofde, aangerande en verkrachte eredivisievoetbal moest weer terug naar het volk. Daar waar het hoort.
Een week later zag ik een boze Jan Mulder, die mij op televisie kwalijk nam dat ik de aardige analyticus Jan van Halst het brood uit de mond stootte. Ik keek geamuseerd naar zijn toneelstukje. Ik snapte hem wel. Het is ook een beetje zijn handel natuurlijk. Maar die Van Halst hoeft van mij niet de WW in. Laat hem lekker

’s avonds laat de wedstrijd analyseren bij Wilfred en Willem. Maar hou *Studio Sport* ouwehoervrij.

Inmiddels is er beslist en de uitslag is duidelijk. 10-0 voor Youpie! Al mijn eisen zijn ingewilligd. Terecht. Het voetbal is weer thuis en ik heb nog niemand gesproken die dat erg vindt.

Afgelopen week ontving ik vierduizend bedankmailtjes, honderdvierenzestig bloemstukken (mijn huis lijkt wel een rouwkamer), achtendertig flessen zeer goede wijn en ik kan bijna niet meer schijten door het aantal veren in mijn reet. Een wandelingetje naar de bakker op de hoek duurt een uur. Iedereen spreekt me aan en bedankt me.

Bij sommigen zie ik de tranen in hun ogen. ‘Graag gedaan! Het was mijn morele plicht!’ antwoord ik telkens heel bescheiden. De leukste brief? Die van Max en Lex, waarin onze toekomstige koning mij heel voorzichtig vraagt of ik in een soort Raad van Advies wil. Het antwoord is nee.

Het was overigens mijn tweede succesje binnen een maand. Want even daarvoor hadden ze bij Ajax mijn wijze raad opgevolgd. De voorzitter, een ijdele advocaat die net zoveel verstand van voetballen heeft als ik van klassiek ballet, vertrekt aan het eind van dit seizoen en de directeur, een ijscoverkoper die Ajax groot in de Ghanese en Deense markt wilde zetten, is al weg. Verder gaan ze proberen de club zo goedkoop mogelijk van de beurs af te krijgen. Allemaal zaken waar ik al jaren over schreef. Het gaat in de Arena weer naar voetbal ruiken. Alleen dat Cruijff de klus zou gaan klaren was niet mijn advies. Maar ik maakte me daar geen seconde zorgen over. Ik wist al lang dat als hij tegen Danny zou zeggen dat hij een nieuw schnabbeltje had aangenomen zij alleen maar heel streng zou kijken. En dat hij daarna zou mompelen dat hij zou zorgen dat hij op nette wijze van het baantje af kwam, wist ik ook al lang. Wel op zijn Cruijffs natuurlijk.

En zo geschiedde. Danny heeft daar in Barcelona niet de broek aan, maar een harnas. Na Ajax-Excelsior kwam ik bont en blauw van de schouderklopjes thuis. Mijn hand was rood en ruw van het schudden. Iedereen wilde me aanraken. Ik liet ze toe. Ik gun het volk zijn ontlading.

Hoe ik me voel na mijn successen? Goed. Een soort verlosser. Word alleen wel gek van de telefoontjes. Iedereen wil advies. Jan Peter, Geert, Rita, Rutte en ga zo maar door. Maar ik poeier iedereen af.

Behalve de jonge collega die mij vroeg hoe ik met huilende gehandicapten in de zaal omga. Hij kreeg een basisadvies: Zie iedereen als gehandicapt. Inclusief jezelf. Pas dan zal je ver komen.

En wat ik deed met weglopers? Daar heb ik geen ervaring mee. Daarvoor kun je beter collega Freek bellen. Die loopt zelf nog wel eens weg. Of anders Johan. Die heeft daarin de meeste ervaring.

Spuiten & slikken

De oude man met alzheimer had met zijn arts afgesproken dat als het te gortig werd hij hem met een spuitje zou helpen. En zo geschiedde. Op het moment dat hij de ziekenhuiskamer binnenstapte vroeg de oude man wat de dokter eigenlijk kwam doen. Deze antwoordde dat hij hem kwam verlossen.

'Van wie moet dit?' vroeg de oude man.

'Van u,' antwoordde de dokter.

'Ik weet van niks,' sprak de oude man en vroeg of de dokter even op de gang wilde wachten. De dokter deed dat en wierp daar een blik in een rondslingerende krant waarin hij een foto van een afzichtelijke vrouw zag. Een soort E.T. Het ging om een Franse dame, die een kwaadaardig gezwel zo groot als een meloen in haar neusholte had. Ze was inmiddels blind en verging van de pijn. Ze wilde dood, maar niemand mocht haar helpen. Het Hof van Dijon had haar verzoek om euthanasie afgewezen. Zelfmoord was de enige oplossing. De dokter dacht er het zijne van en zijn gedachten gleden af naar het verpleeghuis waar hij net vandaan

kwam. Door een gebrek aan personeel zaten de geriatrische patiënten daar uren in hun luiers te soppen en de lucht van verschraalde urine was er niet te harden. De een zat stuurs te zwijgen, een ander radeloos te schreeuwen en weer een ander stond te morrelen aan de deur van de gesloten afdeling. Hij wilde er uit. De trein pakken. Waar naar toe? Naar de hemel.
De diagnose was depressiviteit en hij had de man wat Zoloft voorgeschreven. Dit middel kan niet zoveel kwaad, zij het dat je er wel wat extra angstig van kan worden, maar daar was ook wel weer iets voor.
Op een andere afdeling had hij een negentigjarige bedlegerige mevrouw een antibioticakuur voorgeschreven. Ze had een longontsteking en zou anders sterven. Nu kon ze gelukkig nog een paar jaar mee! Ze kon niet meer lopen en vanuit haar bed keek ze uit op de binnentuin. Zo'n tuin waarin nooit iemand komt. Dat was ook beter voor haar. Iedere beweging maakte haar onrustig.
Naast haar lag een vrouw de hele dag te huilen en als iemand vroeg waarom ze dat deed, zei ze dat het een hobby van haar was. Haar leven bestond al vijf jaar uit slapen en huilen. Gisteren was ze op het dieptepunt van haar demente bestaan en voorspelde ze zelfs nachtvorst en een witte Pasen!
Gisteravond had de dokter nog een gesprek met de apotheker gehad. Hij kwam het inslaappakketje voor de oude man brengen. Het ging over auto's. De apotheker had twee donkerblauwe Maseratti's, een Porsche en

was bezig met een Ferrari. Het ging nou eenmaal goed met de handel en naarmate de bejaardenberg bleef groeien kwamen er alleen maar sportauto's bij. Hij had laatst uitgerekend hoeveel duizenden kilo's pillen hij jaarlijks naar het verpleeghuis bracht.

De dokter liep de kamer van de oude man nog eens binnen en vroeg of het nu wel gelegen kwam. De oude man begreep niet waar de dokter het over had en stuurde hem terug de gang op. Daar bladerde hij verder door de krant en las dat Pieter van den Hoogenband doodziek was van de kwestie Tibet en uit protest in het zwembad een langzaamaanactie had gehouden.

De dokter ging toch nog een keer terug naar de afschrikwekkende foto van de afzichtelijke Française. Chantal Sébire, 52 jaar oud, voormalig lerares, ondraaglijk leven.

'Zelfmoord is in dit geval een natuurlijke dood,' mijmerde hij zachtjes en vroeg zich af of je het gedrag van onze Geert met zijn filmpje ook suïcidaal zou mogen noemen. De hele westerse wereld zal branden volgens de moslims. Zomerhitte dus.

Het werd weer tijd om naar de oude man te gaan. Driemaal is scheepsrecht. Toen de dokter de oude man vroeg of hij er klaar voor was, sprak deze zacht doch vriendelijk: 'Ik was al bang dat u me was vergeten!'

Haatsaai

Het was een beetje zielig voor Geertje Onderbuik. Maanden had hij de klas gegijzeld met de aankondiging van een spraakmakend werkstuk dat niet alleen de school, maar volgens de overmoedige puber de hele voetbalwereld zou doen trillen op haar grondvesten. Maar het viel een tikkie tegen. In het in haast in elkaar geplakte broddelwerkje zien we alleen maar beelden van rotzooitrappers. Beelden die we al eeuwen kennen. Niemand begreep dat hij hier zo lang over gedaan had.
Gisteren heb ik de lieverd geprobeerd uit te leggen dat de hooligans in het stadion maar een heel klein hoekje innemen en dat het overgrote deel van de tribunes bevolkt wordt door aardige vredelievende sukkels zoals ik.
'Hamas, Hamas, alle Joden aan het gas,' sprak hij getergd, dat is wat je hoort in een stadion.
Ik legde hem uit dat hij gelijk heeft, maar dat het om ongeveer duizend van de vijftigduizend mensen gaat. Twee procent. Dat ik Rotterdamse vrienden heb die gewoon met mij meegaan naar de Arena als Ajax tegen

Feyenoord speelt en dat ze bij een doelpunt probleemloos mogen juichen. Moeten ze wel scoren natuurlijk.
'Rotterdam kankerstad, in de oorlog lag je plat! Van die dingen,' brieste het chronisch dwarse joch. De een pubert iets feller dan de ander.
Ook deze schandelijke tekst moest ik toegeven, maar nogmaals: het is een klein clubje dat schreeuwt. Een hoekje supporters die een hoop kwijt moeten omdat ze thuis of onder de plak zitten of doordeweeks heel saai werk moeten doen of zelden goede seks hebben. Of alle drie. Communicatie tussen supporters kan ook grappig zijn. Zo ontving ik afgelopen Kerst van mijn PSV-vrienden per sms de vraag of ik wist waar ze winterbanden voor de kampioenskar konden krijgen en zelf stuurde ik vorige week een felicitatie aan Dirk Scheringa omdat hij volgend seizoen waarschijnlijk veruit het mooiste stadion van de Eerste Divisie heeft.
'Na het Heizeldrama ontvouwden de Roma-supporters tijdens de wedstrijd tegen Juventus een spandoek met de tekst *Grazie Liverpool*! Zijn we Beverwijk vergeten? Geertje kookte bijna. Vlokken schuim zaten in zijn beetje aanstellerig gekleurde haar. Nogmaals: een oerpuber!
Ik legde hem geduldig uit dat er jaarlijks duizenden voetbalwedstrijden zijn, dat daar massa's mensen komen en dat er af en toe iets faliekant misgaat. Ik ontkende de rampen niet, maar miste wel wat doelpunten in zijn filmpje. Voor mijn part uitsluitend Nederlandse treffers. De legendarische goal van Marco tegen de

Russen, Cruijff tegen ADO en Haarlem en Bergkamp tegen de Argentijnen. Om over zijn goal tegen Newcastle nog maar eerbiedig te zwijgen.
'De kopstoot van Zidane! De onbesuisde botsing van de West-Duitse doelman Schumacher tegen de doorgebroken Battiston, die aan het zuurstof moest! En wat te denken van Da Silva, die onlangs invalide geschopt werd door Taylor van Birmingham!'
Ik gaf toe dat hij het allemaal prachtig aan elkaar geplakt had, maar dat het uitsluitend uitzonderingen zijn, extremen...
'En op de amateurvelden is het geweld ook schering en inslag. Gemolesteerde scheidsen, afgetuigde grenzen, in elkaar geslagen spelers. Dat heb ik toch maar mooi in beeld gebracht!'
Ik vertelde de opstandige leerling dat er elk weekend bijna een miljoen mensen tegen een bal trappen en dat 99 procent uit aardige vredelievende mensen bestaat. Dat duizenden efjes voetballen onder leiding van vriendelijk fluitende en liefdevol coachende vaders, dat er duizenden moeders langs de lijn klaarstaan om de tranen te drogen en dat er na afloop steevast limonade wordt gedronken. Ik vroeg hem waarom hij het gedrag van de overgrote meerderheid niet had laten zien. Dan is een werkstuk pas een werkstuk. Dit was basisschoolgedoe waar hij zich toch een beetje voor moest schamen.
'Maar als ik al die positieve dingen had laten zien dan was het een heel saai filmpje geworden! Mensen willen

oorlog!' sprak de puber besmuikt.
'Dat is het niet, Geertje,' sprak ik vaderlijk. 'Mensen willen geen oorlog. Jij wilt oorlog! Dat is je leeftijd. Had ik ook toen ik veertien was. Maar je werkstukje is nu eenzijdig en ronduit saai.
Heel erg saai.
Hoe saai?
Haatsaai!'

Trots op Rita

Ik begin dit stukje met mijn excuses aan te bieden aan Louis van Gaal. Waarom? Geen idee. Of ik hem beledigd heb? Nee. Maar ik weet dat ik Louis daar een enorm plezier mee doe. Louis eist regelmatig op hoge toon excuses en krijgt ze eigenlijk nooit. Daarom lijkt het me zo leuk voor hem om zomaar op een zaterdag van een columnist gratis excuses aangeboden te krijgen. Of ik hem daarna ga kwetsen? Nee! Ik zie mijn excuses ook niet als een voorschot op een pissig stukje in de toekomst. Helemaal niet. Ik doe Louis gewoon een plezier. Hij leest dit en roept naar Truus in de keuken: 'Ik krijg excuses van Youp!' Truus, toch vier keer slimmer dan Louis, zal vragen of dat geen grapje is. Of het niet juist kwetsend bedoeld is?
'Dat schrijft hij er niet bij! Anders zou hij dat toch wel aangeven?' bast de trainer.
Het was sowieso een beetje de week van de excuses. Geert wilde de verontschuldigingen van onze premier, die met een verslagje op de proppen kwam. Daarin stond dat Geert had aangekondigd dat hij in zijn va-

kantiefilmpje bladzijden uit de Koran zou verbranden. Een goed Arisch gebruik. In de open haard nog wel. Volgens onze Geertje heeft JP het allemaal uit zijn gereformeerde duim gezogen. Hij heeft dat namelijk nooit gezegd. Ik geloof Geert. Natuurlijk heeft JP dat verzonnen. Die heeft af en toe van die stoute fantasietjes en die laat hij dan in een verslagje zetten. Beetje dollen moet toch kunnen?

JP zelf wil weer excuses van het blaadje *Opinio*, dat een aprilgrapje met hem heeft uitgehaald. Ze hebben een zogenaamde rede van hem afgedrukt. Allemaal verzonnen. Volgens Geert niet. Sterker nog: hij was erbij toen JP de toespraak hield. Samen met Joran.

Jort wil excuses van Georgina. Niet omdat ze getongd heeft met een ander, maar omdat ze het in het openbaar deed. En hij wil excuus van roddelaars die het opschreven, filmden en uitzonden. Deugt niet volgens Jort, wiens blaadje ooit schreef over de opzwepende SM-nachten van Nina Brink. Grappig. Ik weet trouwens zeker dat Kelder en zijn vrouw een grap uithalen. Zo dom is die *Sjors* nou ook weer niet. Of toch?

Wie ook haar excuus wil aanbieden is Rita. Ze schaamt zich voor de abominabele presentatie van haar partij, die geen partij genoemd mag worden. Het is een beweging!

Ik vind dat humor. Je noemt het een beweging en je komt op krukken. Symbolischer kan het bijna niet. Rita vond het een gênante avond. Die treurige rode, witte en blauwe ballonnen, die van een graf gejatte bos bloe-

men en dat verschrikkelijke Wilhelmus. Kay van de Linde speelde voor de zoveelste keer Amerikaatje in de polder!
'Ik keek die zaal in en zag tijdens ons volkslied al die ontevreden dikkerds met hun arm schuin omhoog staan, maar dat kwam waarschijnlijk door de pijnstillers,' vertelde Rita mij gisteravond door de telefoon. Rita belt mij altijd als ze in de put zit.
'Hallucinazi's,' probeerde ik haar op te monteren, maar Rita heeft zeker op dat soort momenten duidelijk een ander gevoel voor humor.
Ik stelde haar gerust dat het een absolute topavond was. Dat die boot helemaal niet op de Henri Dunant leek. Hip schip met leuke vrienden. En ook heel belangrijk: Gordon en Willibrord erbij. Toch BN'ers waar normaal om geknokt wordt. Hoog niveau dus. Was Harry Mens ziek? Ik prees Rita om haar transparantie op het gebied van de financiën. Niet dat Haagse achterkamertjeswerk. Wel subtiel om de namen van de gevers geheim te houden. In dit geval heb je ook niet zoveel aan namen. De meeste vastgoedboeren staan normaal alleen met hun initialen in de krant. De enige die bekend heeft dat ze meebetaalt is Nina Brink. We hebben het over de geliefde, fijnbesnaarde zakenvrouw, die van de SM van Jort... En opeens viel alles op zijn plek. De nachtelijke spierscheuring van Rita! En ook nog opgelopen in haar kelder? Nog een grap van Jort? Dan is er vast een filmpje van.

Kijkcijferkanon

Het is een klap, een dreun, een tsunami. Niemand had het verwacht. Zeker niet van hem. Hij is toch een icoon, een man met een alles verzengend charisma. De manier waarop hij zijn programma's voorbereidt, zijn gasten kiest, zijn onderwerpen selecteert, zijn alerte stijl van interviewen. Het is hippe televisie, het is snelle televisie, het is puntje-van-je-stoelwerk. Ik denk dat ik, zolang hij zijn programma heeft, niet één aflevering heb overgeslagen. Kan ook niet. In mijn vak is hij een *must.* Zijn journalistieke aanpak is zo vernieuwend. Hij is zo scherp. Hij zet zijn tanden in zijn gasten en laat ze niet los. Hij schudt ze leeg, of ze willen of niet. Het is bekentenistelevisie. Elke uitzending voel ik een paar keer een lichte huiver, een bijna hoorbaar kippenvel geselt mijn ziel. En zeker eens in de twee weken vecht ik tegen mijn kokende tranen. En steeds denk ik: hoe flikt hij het? Je merkt zijn belezenheid en zijn wendbare geest, die snelheid en eruditie: een fantastische combinatie.

Het feit alleen al dat hij niet in een studio opneemt zegt

al genoeg. Hij kiest voor een horecagelegenheid, en wat voor een tent. Een van de lekkerste clubs van ons land. Zo'n totaal ander decor. De man is durf. Voor niets en niemand bang. Je ziet het ook aan het publiek dat hij trekt. Die gonzende zaal voor aanvang. Die jonge mensen, de een nog extravaganter dan de ander.

Die gretige nieuwsgierigheid, die brandende vraag wie zijn gasten zullen zijn, gasten die voor hem in de rij staan. Het gerucht gaat dat beroemdheden hem bellen. Bellen en smeken. Smeken of ze alsjeblieft...

Er gaat een verhaal over een BN'er, die twee nachten bij hem voor de deur stond te wachten om hem zelf te vragen of hij in zijn programma mocht. Er wordt gezegd dat hem astronomische bedragen zijn geboden, maar hij is onkreukbaar. De bedrijven staan op een wachtlijst om rond zijn programma te mogen adverteren. Tot 2012 is er geen plekje meer te krijgen. De bedragen die voor dertig seconden betaald worden zijn buiten proportie.

Witteman heeft hem gevraagd of hij stage bij hem mocht lopen, Knevel wil een soort nascholingscursus en Sonja Barend vertelde dat zijn programma voor haar de reden was om eerder te stoppen. 'Ik voelde me een dwerg, een televisiekleuter, een schoolkrantkind. Ik durfde niet meer en heb Vera Keur huilend verteld dat ik niet meer verder kon!' biechtte een onthutsend eerlijke Sonja mij op.

Een man zonder autocue, die nooit op zijn papiertje kijkt, niet eens een papiertje heeft. Wil een andere presentator nog wel eens aarzelen of even menselijk onzeker zoeken naar de juiste formulering, hij nooit.

Het is zijn zwepend staccato, een soort poëzie met een beat, een totaal nieuwe gespreksvorm en het is daarom zeer begrijpelijk dat dat publiek zo meeleeft. Mooi zoals ze joelen en juichen en vooral hard lachen. Want ik denk dat dat zijn sterkste wapen is: zijn humor. Scherp en zo ad rem.

Paul de Leeuw kan vlug zijn, maar is in zijn schaduw een slome schildpad met een kilo Mogadon in zijn mik. En wat heel indrukwekkend is: de diversheid van zijn gasten. En zo gekleurd. Ik denk dat hij het eerste werkelijk multicultiprogramma heeft. En dan nog de manier waarop hij zijn dochter er in gevlochten heeft. Ook alweer zo'n vondst. Mooie vrouw, slimme vrouw, die ook zo snel denkt en zo sexy met haar onderwerpen omgaat.

Daarom is de klap zo hard aangekomen. Tot nu toe heeft hij nooit iets over collega's gezegd, hij was hors concours, stond boven de partijen en had inderdaad iets bijna goddelijks. Hij glimlachte altijd minzaam als men iets vroeg over anderen en of dat lachje cynisch bedoeld was liet hij in het midden.

Maar wie had verwacht dat Harry Mens in het blotemeisjesblad *Playboy* publiekelijk zo hard zou uithalen naar Matthijs van Nieuwkerk en Sophie Hilbrand. Ongelooflijk. Ik kan niets anders zeggen dan: 'Matthijs en Sophie. Sterkte!'

Principekwesties

Kun je als man hoofdredacteur van *Opzij* worden? Het is een principekwestie. Andere vraag: kan een vrouw diezelfde functie uitoefenen bij de *Playboy*? Vind ik interessanter. Kan zij zich inleven in het denken van de gemiddelde geile kantoorpik? Kan zij een blootreportage met de *Katja van de Maand* goed beoordelen? Ziet zij of de dienstdoende Daphne opgewonden genoeg kijkt? Weet zij of het schaamstreepje van een of andere Lieke een beetje moet worden bijgekruld? En wat doet ze met de bijvullittekens onder de tieten van een naaktmodel? Wegwerken? Of denkt ze: laat maar zien waar dokter Van Onselen je ballonnen naar binnen heeft gepropt! Principekwestie.

Dokter Edwin van Onselen is die plastisch chirurg die niet alleen rekeningen schrijft voor ingrepen die hij niet verricht heeft, maar die ook kritische journalisten dusdanig toetakelt dat zij zich daarna door hem moeten laten behandelen. Van Onselen vond de vragen van *Netwerk* over de ontevreden patiënte onzin en verklaarde later dat die vrouw niet moet zeuren. Ze mocht sowieso

blij zijn dat ze levend van zijn operatietafel is gekomen. Edwin zou het liefst in China werken. Een regelrechte goudmijn. Daar wordt op grote schaal klassiek verminkt. Als je het even niet eens bent met het regime dan gaat de knoet er over. En niet zachtzinnig gelukkig. Daar wordt nog ouderwets gestraft. En het Nederlands cabaret heeft er gelukkig een mening over. Erik van Muiswinkel vindt dat we in Peking niet Olympisch mogen sporten, terwijl Freek de Jonge zegt dat de lijfstraf Chinees cultureel erfgoed is en dat je dit soort tradities moet koesteren. Sterker nog: hij zegt dat hij in augustus zelf gaat luisteren hoe de dissidenten kermen in de Chinese martelkelders. Ze kreunen daar namelijk heel anders dan toentertijd in Argentinië. Dat is echt zo'n enorm verschil. Het ene martelen is het andere niet. Misschien zit er nog een woordspeling in: Hangchinezen!
Persoonlijk vind ik de zaak ingewikkeld. Afgelopen zaterdag was ik in Manchester *live* getuige van de prachtige prestaties van onze zwemploeg. Ik vroeg me wel af of dat mocht. Ik applaudisseerde voor mensen die naar Peking gaan. Hoeveel bloed heb je dan aan je klappende handen? Na afloop heb ik lang gediscussieerd over de kwestie en we kwamen tot de conclusie dat de sporters juist blij met de actie van Erik moeten zijn. Mochten ze tijdens hun voorbereiding merken dat ze in Peking tien minuten later dan de winnaar dreigen te finishen, dan kunnen ze schitterend Tibet inzetten. Nobele reden om alsnog af te haken toch? Solidair met de Dalai Lama! Principekwestie!

Een van de zwemmers vertelde me dat het hem niks uitmaakt. Hij gaat sowieso mee. Al komt hij vijf jaar later dan de winnaar binnen. Deze mentaliteit heeft hij van zijn vader, die een leidende functie bij de Amsterdamse Noord-Zuidlijn heeft. Zijn pa heeft de gemeente inmiddels verteld dat de lijn niet in 2013, maar in 2015 klaar is. Hij weet overigens al lang dat het 2032 wordt, maar dat vertelt hij pas in 2011. Pech op de Zuidas. Daar zijn de boormachines dan gestuit op tweehonderd miljoen crimineel geld dat de gemeente zeer goed kan gebruiken voor het Stedelijk Museum. En ze vinden een flinke stapel foto's met blote investeerders van het failliete Palminvest, die opgewonden paaldansen met tochtige hoeren in een bordeel in Dubai. Foto's die ze thuis niet mogen zien. Principekwestie.

Vannacht droomde ik. Ik had een theaterstuk gemaakt. Het begon met een voetbalploeg met hoeren in een hotelzwembad tijdens een WK, hoeren in hele snelle pakken, vastgoedtypes (ook in snelle pakken) sponsorden het geheel, de wedstrijden vonden plaats in een land waar het politiek niet deugde, de absolute vedette, die ook in het zwembad gesnuffeld had, belde af omdat hij was overvallen. Overvallen door zijn vrouw.

Het was een musical. Uitgebracht door Joop uiteraard. Alleen heel vervelend: tijdens de finale brak er brand uit. In de Groningse schouwburg. De vastgoedmaffia had vijftienduizend pleerollen aangestoken. Met toestemming van de brandweer. Dit allemaal om Joop te pesten. Hoe de musical heette? Cruijffje in Tibet!

Tietentiller

Joran is weer eens nieuws. Werd ook wel weer tijd. Meneer zit in Bangkok. Kamer met uitzicht op zee hoop ik. Misschien ziet hij iets drijven. Ondertussen heeft iemand zich bij de onvermijdelijke Peter R. de Vries gemeld omdat hij door Joran opgelicht zou zijn. Hij had hem zijn rekeningnummer en een pincode gegeven. En toen had onze Joran zomaar zijn rekening leeggeslurpt. Dat is niet lief van Joran. Doet hij anders nooit. En wij maar denken dat hij in een gesticht zat. Misschien zit hij dat ook wel. Ik bedoel: dat we met zijn allen in hetzelfde gesticht zitten. Wel allemaal op andere afdelingen. Je hebt onder andere de sectie Oorlog, de Amerikaanse Presidentsverkiezingenvleugel, het Hooliganpaviljoen en de Woekerpolissenpoli. Iedere gestoorde zijn eigen afdeling.

In het gesticht voert men alledaagse gesprekken over Ajax en Feyenoord en Paris en Britney en Geer en Goor en of de glossy *Catherine* wel of niet moet blijven. Discussies op hoog niveau dus. En natuurlijk het absolute gesprek van de dag over de Olympische Spelen.

In Peking is een rook- en rochelverbod afgekondigd omdat de Chinezen Schone Spelen willen. Onze kroonprins en Erika loven het fantastische initiatief. Winst voor de sport! Wie rookt of rochelt gaat voor dertig jaar naar een strafkamp. Het gesticht gaat dit moeilijke gespreksonderwerp liever uit de weg. Het liefst heeft niemand hier een mening over. Wel heeft iedereen het over de redding van de westerse vrouw.
Er is namelijk een tietentiller op de markt. Een zalfje dat je gewoon bij de drogist kunt kopen. Je smeert het op je uitgejubelde theezakjes en binnen een maand heb je een paar bloeiende jonge meidenmemmen. *Breast* heet het spul. De fabrikant vertelde donderdag in een paginagrote advertentie in *De Telegraaf* dat je jongens minimaal 1 cupmaat groter worden. Waarom in die krant? Omdat die lezers nou eenmaal een paar slagen dommer zijn dan de rest van Nederland en die geloven dat soort onzin dus eerder.
Wat het kost? Veel. Voor zeventig milliliter betaal je 74 euro. Of dat duur is? Weet ik niet. Hoeveel milliliter gaat er op een tiet en hoe vaak moeten ze ingesmeerd? Ben je na één kuurtje klaar of moet je je leven lang blijven zalven? Je zult als meisje in de ketel met Breast vallen. Word je dan de Obelix onder de Pamela Andersons?
Mijn gedachten gaan onmiddellijk naar Jacobse en Van Es met hun neutronenkorrels tegen scheurgras. Kan niet wachten op de uitzendingen van de programma's *Kassa*, *Opgelicht* en *Radar*, waarin dames hun zwaar

gehavende borsten tonen. Mevrouw De Boer uit Lelystad vertelt dat haar tepels zomaar opeens licht begonnen te geven. Dimlicht. En mevrouw Verwijk uit Brummen kakelt over haar zogenaamde brokkelborsten, die op een nacht hoorbaar begonnen te craqueleren. Een gladjakker van Breast BV zegt dat zijn zalfje juist relaties redt. Mannen gaan na dertig jaar huwelijk weer bronstig grommend de trap op.

Ondertussen is Joran dan in Argentinië gesignaleerd. Op een golfbaan met zijn vader als zijn caddie. Hij golft met twee Nederlandse pedo's die op de vlucht zijn voor Justitie. Ze reizen op een Nederlands noodpaspoort en golfen omdat ze dat nou eenmaal een heerlijke sport vinden. Lekker kleine gaatjes. Hun tas wordt gedragen door de werkloze president van de failliete Bank of Scotland. Iets misgegaan met een aankoop.

Buiten de golfbaan zijn voedselrellen. De maïs is op. Die wordt tegenwoordig namelijk gegeten door de auto's en die zijn dus milieuvriendelijk. Volgens de auto's dan. Het hongerige volk maakt foto's met hun mobiele telefoons van Joran, de pedo's, de directeur en van mij. Voor een foto van mij op een golfclub betaalt Daphne Bunskoek vijfduizend euro. Als ze het plaatje in RTL *Boulevard* aan het volk toont zegt ze er wel bij dat zij zich er voor schaamt. Het gaat haar eigenlijk te ver.

Daphne is namelijk zeer integer. Die kan zo naar de VPRO. Vanachter een boom lacht Frans Bauer mij toe en fluistert: 'Alles is Banana Split!'

Fritzlen

Eigenlijk heb ik een enorme bewondering voor die Oostenrijkse psychopaat Josef Fritzl. Een gezin runnen in een ondergrondse bunker is toch een hele klus. Ik vond het bovengronds al een hels karwei. Ik was vaak zielsgelukkig als onze jengelende tandenwisselaars even de straat op gingen om te spelen. Fritzl kon nooit eens zeggen: 'Ga jij maar even afkoelen in de tuin!' Maar hij kon gelukkig wel zelf weg. Dat dan weer wel.

Ik zie een nieuw werkwoord. Vaders die iets te intiem zijn met hun kroost krijgen te horen dat ze niet zo moeten *fritzlen*. Het Oostenrijkse kelderverhaal is te bizar voor ieders fantasie. In elk geval voor de mijne. In mijn hoofd kabbelen al een aantal dagen vele vragen. Hoe hou je zeven bevallingen stil? Kunnen die kinderen een boom tekenen? Zeiden ze papa tegen hun opa of opa tegen hun papa? En vroeg hij hen wel eens wat ze later wilden worden? Veel vragen zullen worden beantwoord tijdens de rechtszaak en laat ik maar eerlijk zijn: ik kan niet wachten. Al die bizarre details die dan uit die muffe bunker komen. Heerlijk toch? Wat ik wil weten? Of ze een kerstboom hadden en of er wel eens gezellig een appeltaartje werd gebakken? Dat was het jammere van die Wolfgang Priklopil, de psychopaat die acht jaar voor Natascha Kampusch zorgde. Hij pakte een sneltrein naar de hemel en heeft ons een hoop rechtbankamusement ontnomen. Interessant detail overigens dat Fritzl zijn dochter bij eventueel verraad dreigde te vergassen. Romantische ziel die Josef, gek op tradities.

Zelf ben ik behoorlijk uit balans door de zaak. Heb namelijk een uitgebreide wijnkelder en ben daar regelmatig een aantal uren achter elkaar zoet met het orde op zaken stellen in de rekken. Vroeger was het altijd een beetje verboden gebied voor de kinderen omdat ik wilde dat ze met hun grijpgrage handjes van mijn dure Grand Cruutjes afbleven. De deur zat zelfs een aantal jaren goed op slot. Alleen ik had de sleutel. Ik heb een hoop uit te leggen aan mijn kroost.

Dit geval is nu bekend geworden, maar denkt u dat er niet veel meer van dit soort kelders in de wereld zijn? Afgelopen woensdag dacht ik: stel dat er nu op Koninginnedag zomaar opeens een door haar vader opgesloten kind uit een Amsterdamse grachtenkelder komt gekropen. Zo 's middags om een uur of vier. Dan is de stad namelijk op zijn liederlijkst. En wat ziet dat kind? Wat is haar allereerste beeld van de zogenaamde buitenwereld? Een lallende, dronken, kotsende en tegen huizen pissende menigte.

Of het dit jaar erg was? Ach, we zijn er aan gewend. De

caféhouder bij mij aan de overkant heeft een gozer op zijn bek getimmerd omdat hij over de stoelen en de tafeltjes stond te zeiken en buren vonden een heuse mensendrol op het trappetje naar het souterrain. Bij een van de bruggen werd door de buurt vooral hard gelachen omdat daar minimaal negen mensen met hun dronken harses keihard tegen de bovenkant van de brug sloegen en zwaar bloedend werden afgevoerd. Het bloed was dun dus wilde wel vloeien.
Mijn voorstel is om ieder jaar Koninginnedag te vieren in een van bordkarton nagebouwd Amsterdam ergens in de polder. En daarin mag iedereen helemaal los. Na zes biertjes heeft niemand toch iets in de gaten. En die stad mogen ze dan helemaal onderkotsen, pissen en slopen. Daarnaast bouwen we een historisch dorpje waar 's morgens een door Peijnenburg gesponsorde Koninklijke familie zwaaiend en koekhappend doorheen trekt. Mooiste beeld dit jaar was vooral symbolisch. Mabeltje had heel triomfantelijk een trekpop van Trix in haar handen. Die pop werd afgepakt door een duidelijk geïrriteerde Friso. Later zei Balkenende hierover: 'Volkomen terecht. Had hij het niet afgepakt dan had ik het persoonlijk gedaan.'

Nina's spreekijzer

Eerlijk gezegd was ik die Pieter Storms helemaal vergeten. Komt ook omdat ik zelden naar zijn programma *Breekijzer* keek. Daarin speelde hij altijd voor Robin Hood. Had meneer Jansen uit Krimpen aan de Lek een vergeeld tweedehands kunstgebit aangemeten gekregen en wilde de leverancier wel de algen van de vorige eigenaar verwijderen, maar niet met een nieuw rijtje nylon tanden over de brug komen, dan bleef Pieter net zo lang in de hal van de tandenboer hangen tot de directeur persoonlijk aan meneer Jansen een spiksplinternieuwe prothese met twee extra verstandskiezen had beloofd. Dat soort dingen. Inderdaad SBS. Het programma ging altijd meer om Pieter dan om de stamelende stumpers voor wie hij het woord voerde.
Vorige week vrijdag was ik prettig verbaasd toen ik Storms zomaar opeens terugzag bij de veel te bruine Pauw en de daardoor nog wittere Witteman. Vooral omdat hij naast Nina Brink zat. Hij steeg onmiddellijk in mijn achting. Wat een terriër, dacht ik. Na acht jaar heeft hij dat corrupte mormel van *World Online* nog

steeds niet losgelaten en komt hij namens die duizenden geruïneerde aandeelhouders alsnog verhaal halen. Ze gaat toegeven hoe ze in maart 2000 de boel zeer geslepen en gemeen besodemieterd heeft. Maar wat bleek? Pieter zat niet aan tafel om Nina alle hoeken van de studio te laten zien, maar hij was haar woordvoerder. En nog erger: haar geliefde!

Ik moest even slikken. Pieter Storms, de man die jaren streed tegen het aangedane onrecht van de kleine luiden, ligt tegenwoordig onder de *wol* (woordspeling!) met Nina Brink. En dat doet hij ook nog in dat protserige Belgische Brasschaat omdat Nina in ons land geen belasting wil betalen. Dat geld erotiseert is in de mannenwereld bekend. Stinkend rijke jongens die in hun arme tijd nog geen kameel met lipstick konden krijgen, wippen de meest lekkere jonge wijven in hun Ferrari of privévliegtuigje. Maar dat dat voor financieel afgevulde dames ook gold was voor mij nieuw. Want laten we eerlijk zijn: als die Brink met dat opgestijfde Beatrixkapsel geen cent te makken had dan zat ze nu elke zondagmiddag als een verlept muurbloempje op een treurige dansmiddag voor vrijgezelle overgangsdames aan een verschraald biertje en een bakje muffe pinda's. Maar goed: nu heeft ze dus Storms! Pure liefde!

Ik was vooral verbaasd dat Storms Nina verdedigde. Het kan raar lopen met mensen. Pieter zal zeggen dat mevrouw Brink nooit veroordeeld is, maar hij weet dat dat komt door vuige zinsneden in het toenmalige prospectus. Ze heeft op zijn Hollands gezegd duizenden mensen financieel genaaid en zichzelf onbehoorlijk verrijkt! De kluit op grootse wijze belazerd. Niks meer, niks minder.

Net gewend aan dit nieuwe gegeven werd ik getrakteerd op nog een nieuw feit. Nina vertelde dat ze Rita Verdonk met vijftig ruggen had gesteund. Pardon? Dat Rita zich door de vastgoedmaffia laat fêteren is al dubieus, maar dat ze het *bloedgeld* van belastingnomade Brink (Trots op België!) aanneemt is gewoon ranzig.

Dezelfde Verdonk is onlangs door een financiële fantast voor bijna anderhalve ton genaaid. Een bedrag dat haar vastgoedvriendjes per dag via malversaties bij massaal getilde pensioenfondsen vangen, maar dit terzijde. Gelukkig kent Rita nu Pieter.

Ik denk dat hij, gezien zijn historie, als een echte Storms namens haar verhaal gaat halen bij deze oplichter en dat hij niet vertrekt eer hij de 135.000 toegezegde euro's in zijn zak heeft. Pieter vindt het namelijk verschrikkelijk als mensen belazerd worden. Dat fluistert hij Nina elke nacht in haar opgewonden oor. En Nina is dan sprakeloos van zoveel eerlijkheid.

Of zal Pieter van het klusje afzien uit angst dat hij door die oplichter keihard in zijn gezicht wordt uitgelachen? Dat die man hem naar huis stuurt omdat daar ook nogal wat werk ligt te wachten. Dat hij het oplichten van Nina heeft geleerd!

En Rita? Die loopt weer op krukken. Ze vertelde dat ze uitgleed en voor de tweede keer in een spagaat lag. In een spagaat! Grappig? Heel grappig. Grappig en vooral symbolisch.

Gouden Ooi

Terwijl ik nagelbijtend zit te hopen dat Birgit de uiteindelijke winnares van de *Gouden Kooi* wordt, werp ik een liefdevolle blik op mijn vrouw die, terwijl ze naar dit zenuwslopende programma kijkt, de leeuwenstaart aan mijn oude Bavaria-broek zit te naaien. We willen onze spullen voor de EK-voetbal op tijd in orde hebben. De staart had ik er na de uitschakeling door de Portugezen in 2006 in de straten van Neurenberg zelf afgerukt. Pure frustratie. Gelukkig was ik wel zo slim om de gesloopte staart bij me te steken.

Wat *De Gouden Kooi* betreft hebben wij thuis vooral te doen met John de Mol. Onze John, die hier zoveel van verwacht had, moet een teleurgesteld man zijn. Laatst was hij in de talkshow van Sophie en Katja en hij zag er aangeslagen uit. Sommige mannen worden na een diepe teleurstelling versneld grijs, maar John was gaan roesten. Zijn haar had zo'n rare kleur gekregen. Hij leek doodziek. Of zijn kapper was apenstoned toen hij de kleur aan het mengen was. Dat kan natuurlijk ook.

Ik vind het zielig voor John. Na zijn Talpa-debacle gun

je iemand niet nog zo'n mislukking. Aan het programma lag het niet. Dat was dik voor elkaar. Er werd liefdevol geneukt, schitterend gescholden, briljant gemept, angstaanjagend goed gepijpt, klasse gebeft en het pesten was van een onbedaarlijk hoog niveau. Verder ook mooie nachtelijke metafysische discussies tussen de bewoners onderling. Ik heb alle afleveringen gezien. Hoewel? De uitzending waarin Birgit zwanger werd gewipt door Jaap heb ik gemist. Wat dat betreft is het jammer dat het programma nu klaar is. Mijn vrouw en ik hebben lang gehoopt op een onderwaterbevalling van Birgit in het zwembad van de villa en het leek ons het mooiste als Jaap haar dan als een nerveuze Bokito tijdens het baren zou vasthouden. Prachtig zou het zijn als Jaap na de bevalling de baby dood zou bijten of kapot zou slaan tegen een boom. Ons lijkt dat heel ontroerend en diep menselijk.

Maar goed, zover komt het niet omdat RTL teleurgesteld de stekker eruit heeft getrokken. Maar John zou John niet zijn als hij al niet weer iets nieuws verzonnen had. Hij wil er zelf nog niets over zeggen. Vrijdag, de dag na de zinderende ontknoping, geeft hij een persconferentie. Het gerucht gaat dat het iets wordt met een incestgezin in een kelder. *Papa is lief* gaat de serie heten en kan wel twintig jaar duren. Ook overweegt John om iets bijzonders met natuurrampen te gaan doen. Een dagelijkse soap in een stadje dat getroffen wordt door een orkaan of een aardbeving. Je ziet hoe de mensen het samen met Delftse studenten weer op-

bouwen en dat worden geen huizen die gevloerd kunnen worden door een kortgesloten koffiezetapparaat. John heeft woeste plannen met dit programma. En het blijft spannend! Als alles bijna klaar is breekt een stuwdam door en moet iedereen weer opnieuw beginnen. Ook komt John zo goed als zeker met *De boze Goudkust* en dat wordt een *real live soap* bij Shell-topman Jeroen van der Veer thuis. Jeroen gaat daarin stampvoetend dreigen dat hij het hoofdkantoor van Shell naar het buitenland gaat verplaatsen omdat hij gepest wordt met zijn jaarsalaris van bijna tien miljoen. En net op het moment dat mevrouw Van der Veer bij Jeroen weg wil omdat hij in haar ogen een luizig schijtsalaris verdient, komt een lachende Marcel Boekhoorn met een onderzeeër uit het zwembad. Zo'n programma wordt het ongeveer.
Donderdag is *De Gouden Kooi* voorbij. Is ons leven dan zinloos? Nee. De kudde gaat weer verder. Verder met amusement. De huizen moeten oranje. En niet alleen de huizen. Ook de straten en de koeien en de melk en de cola en de supermarkten en de demente bejaarden. Allemaal oranje. De hele maand juni gaan we over niks anders praten dan over voetbal. Wie *we* is? De kudde. De schapen. De file. De massa. *We* moeten vermaakt. Geamuseerd. Ik schrijf een gedicht over een man die vlucht uit de kudde en noem het mijmerend *De Gouden Ooi!*

Nekshit

HP/De Tijd doet deze week stoer door de tekeningen van die Gregorius Nekschot af te drukken. Is niet zo'n enorme heldendaad omdat het blaadje op zijn laatste benen loopt. Nog twee nummers en het is klaar. Of ik geschokt was door de geestigheden van de cartoonist? Nee. Ik begreep in een tiende seconde waarom de man niet wil dat zijn identiteit bekend wordt. Ik zou me ook doodschamen voor deze shit. Of ik geen gevoel voor humor heb? Jawel hoor. Ik lach me regelmatig het schompes. Voorbeeld? Om Hirsch Ballin die met die natte mond staat te draaikonten in ons parlement. Je hoeft als buitenstaander niet lang te raden van welke partij hij is. Wat een farce. Ga gewoon staan, man en zeg dat je je doodschaamt voor je eigen OM. Dat het een regelrechte schande is dat een tekenaartje wordt aangehouden en anderhalve dag wordt vastgehouden. En dat je de top van je ministerie er binnen vierentwintig uur uit flikkert en zelf schaamrood ontslag neemt. Moest ook erg lachen om Balkenende die niet naar de koningin durft om haar keihard te vertellen dat ze een

gapend gat in haar Koninklijke handje heeft. Wat een gereformeerde schijtlijster. Hij kan haar toch gewoon keihard uitleggen dat ze het met die luizige honderd miljoen moet doen en dat wij, simpele belastingbetalers, geen trek hebben in al die rare strapatsen van de familie. *De Groene Draeck* kunnen ze bijvoorbeeld best zelf schuren en lakken. Die Willem-Alexander heeft toch niks aan zijn handjes? En zijn broertjes zitten toch ook niet in een rolstoel? Het is toch een kleine moeite om even het bootje van je moeder vaarklaar voor de zomer te maken? Dat hoeft toch niet op onze kosten? En anders huren ze net als de rest van Nederland maar een roedel Polen. En laat Willem-Alexander nou niet zeggen dat hij niet weet waar hij Polen kan vinden want heel Wassenaar wordt door die types zwart verbouwd. En als de Polen op zijn dan heb je zo een busje Roemenen! Maar Jan Peter durft dat niet recht in het gezicht van Hare Majesteit te zeggen. Hij heeft een te groot respect voor de Oranjes.
Afgelopen week moest ik nog harder lachen om *Knevel en Van den Brink*. Vooral toen ze samen met Rouvoet over homo's gingen praten. Gereformeerden over homo's. Zo grappig. Ze hebben een God en die schiep ooit de bomen, de zee, de bloemen, de bijen en de hetero's, maar niet de honger, de oorlogen, de kanker, de aardbevingen, de cyclonen en de homo's. Daar heeft hun God niks mee te maken. Daar is hun God te goed voor. Dat heeft hij waarschijnlijk uitbesteed. Zeker een half uur ging het er over of een nicht wel of geen be-

stuurlijke functie binnen de partij van Rouvoet mag vervullen. Ja, het mag wel, maar... en na dat maar kwam er negen kilo meel uit de mond van de minister. Wat een angst en vooral wat een bemoeizucht. Seksualiteit is toch iets persoonlijks. Dat doe je toch meestal 's nachts in je eigen huis. Al laat je je seksueel bevredigen door de sapcentrifuge, dat moet je toch lekker zelf weten. Zolang de sapcentrifuge meerderjarig is en het ook lekker vindt is er toch niks aan de hand?
Wordt het überhaupt geen tijd dat God bekendmaakt dat hij niet bestaat. Dat hij het beu is dat hij steeds misbruikt wordt door al die benauwde gelovigen. Zeker onder de naam Allah. God schiep de vrouw en gaf haar overheerlijke borsten. Waarom mogen die niet getoond worden? Handen mogen we zien, wenkbrauwen zijn geen probleem, tegen de neus en oren is geen bezwaar, maar de tieten moeten bedekt. Waarom? In het gemeentehuis van Huizen is deze week kunst verhangen omdat de moslims niet tegen de getoonde tieten konden. Je kan toch ook zeggen: 'Dan moet u niet die kant uit kijken!' Als het nou de tekeningen van die Nekschot waren... dan had ik er alle begrip voor gehad.

Excellentie

Vaak word ik getipt. Zomaar op straat of per mail. Een lezer meldt een misstand of verbazing. Meestal doe ik er niks mee. Soms wel. Vooral als het grappig is. Zoals nu. Dit verhaal hoorde ik van een vriend. Het is eigenlijk geen verhaal, louter een mededeling. Komt ie: *Als André Rouvoet, onze minister voor Jeugd en Gezin, ergens officieel naar toe gaat, belt zijn secretariaat vooraf met het te bezoeken project met de mededeling dat de minister graag met 'excellentie' wordt aangesproken.*

Grappig? Onbedaarlijk grappig. Is het waar? Het is 100% waar. Ik heb dit kroegpraatje voor u even gecheckt bij een door het secretariaat van de minister gebelde instantie en degene die dit telefoontje kreeg heeft het mij hoogstpersoonlijk bevestigd. Ik vroeg wat hij deed toen hij het hoorde. Ademloos in de hoorn staren, was zijn overduidelijke antwoord. Ik vind het van een grote schoonheid. Ontroerend en aandoenlijk. Zeer aandoenlijk zelfs.

Waarom zal André dit willen? Ik denk dat het te maken heeft met zijn streng christelijke geloof. Waarschijnlijk ziet hij het ministersbaantje niet als gewoon werk, laat staan als een tijdelijke aardse schnabbel, maar als een geschenk van hogerhand. Een cadeautje van God zelf. Het land moet bestuurd en de Here heeft hem daarvoor uitverkoren. En een minister is natuurlijk meer dan een doordeweekse meneer. Veel meer zelfs. Een minister is een heuse excellentie. Zoals je de koningin geen Trix, maar *Majesteit* noemt. Zoiets. In elk geval wil André met *excellentie* worden aangesproken. Ik vind dat zo verschrikkelijk lief. Wat een schat van een jongen.

Hoe zal hij dit aan zijn ambtenaren verteld hebben? Schriftelijk? Moet wel. Dit krijg je namelijk niet zonder proesten je bek uit. En het besmuikte hoongelach van de ontvangers van deze middeleeuwse mededeling wil je ook niet meemaken. Dus zet je het op papier. Hoe reageerden zijn ambtenaren? Ik ga er van uit dat ze bij het lezen van dit bericht in eerste instantie hebben gedacht: Goede grap. Niet verwacht van die gereformeerde. Onze christenbroeders staan nou eenmaal niet bekend om hun dijenkletsers. Het boekje *Lachen met Knevel* telt weinig bladzijden. Maar toen bleek het dus geen scherts, maar pure ernst. Rouvoet meende het en belangrijker: het moest door zijn secretariaat van tevoren bekend worden gemaakt. Al gauw hing er een vrolijke sfeer onder de ambtenaren. Sinds het *belletje van Bomhoff* hadden ze eigenlijk niet meer zo gelachen in Den Haag. Excellentie! Wat een grap. Zelfs Luns werd niet meer zo aangesproken. Sterker nog: Pieter Cort

van der Linden vond het een eeuw geleden al grote onzin.
Maar nu kwam de vraag: wie van het secretariaat gaat dit absurde klusje klaren? Mag je dit werk weigeren? Want je staat toch aardig voor aap als je iemand moet bellen met de tekst dat de minister graag excellentie wordt genoemd. De andere kant zal al gauw denken dat hij in de maling genomen wordt door een of ander studentikoos radioprogramma. Hoe vaak wordt er onmiddellijk opgehangen? Dit kan niet serieus zijn. Hallo, het is 2008!
Hoe zal het bij André thuis gaan? Zeggen de kinderen nog papa? En wat zegt mevrouw Rouvoet tegen haar man? Is het anders vrijen met een excellentie? Heeft André nog dezelfde pyjama's? Of vindt hij dat een excellentie niet kan tukken in een streepje van de Zeeman? Hoe reageert de dominee? Zijn Gods kinderen in zijn ogen allen gelijk of is de excellentie toch iets meer? Mag hij een paar banken dichter bij de kansel? Hoe gaat het in zijn woonplaats Woerden? Schrijdt hij op zaterdag wuivend door het centrum? Schudt hij handen in de C1000? Wat vraagt de slager? 'Wil de excellentie misschien een plakje worst?'
En nou maar hopen dat hij blijft. Dat dat gedoe over het borstkankergen in embryo's geen opbreekpunt van deze coalitie wordt. Ik denk het niet. Ik vrees dat hij wel een paar principes opzij wil zetten. Want dan zou hij geen excellentie meer zijn. Hij moet er niet aan denken.

Theotraal

Hoe leg ik het collega Maassen nou uit? We zijn Amsterdammers en Amsterdammers steken pas over als het voetgangerslicht op rood springt. Als iets niet mag dan gaat het bij ons kriebelen. Ik vrees dat hij bij zijn eerstvolgende Amsterdamse optreden kan rekenen op een zee van flitslicht. Wel een vrolijk gozertje, die Theo. Jat af en toe een bekertje uit de prijzenkast van PSV en geeft die later weer keurig terug. Ik doe dat bij Ajax ook wel eens, maar daar merkt niemand het. De Amsterdamse prijzenkast is veel te vol. Wij letten hier niet op een Europacup meer of minder.
Wel interessant dat hij het zaterdagavond aan de zaal overliet of hij die camera zou mollen of niet. Schitterend uitgangspunt voor puur cabaret. Het klapvee dat bepaalt. De democratie van Rita. 2008 ten voeten uit. U zegt, wij draaien. Prachtig was het geweest als Theo op het moment dat het volk middels een denderend applaus besliste dat de camera van dat lieve meisje stuk mocht, zijn optreden had stilgelegd en naar huis was gegaan. Voor dat crapuul wil je niet spelen. Dat getei-

sem wil je niet in je zaal. Dan had je schitterende theatrale verwarring gehad. En: iedereen had achteraf uiteraard ontkend dat hij geklapt had. Of, zoals ik nu in een paar reacties las, dat mensen klapten omdat ze dachten dat het bij de show hoorde. Maar wel geklapt dus. Geklapt of niet geklapt. That's the question!

Hoe ik omga met fotografen? Dat soort dingen los je op met een grapje. Dat is namelijk mijn vak. Bij mij gebeurde het een keer in de tijd dat er nog filmpjes in het toestel zaten. Ik vroeg de camera aan de fotograferende dame en vertelde dat ze hem na de voorstelling op kon komen halen. Dat deed ze keurig. Ze mocht ook nog even met me op de foto. Later kreeg ik een boze brief van haar omdat ze bij de plaatselijke fotohandel nogal voor schut had gestaan. Dat klopte. Alle technici hadden in de pauze hun broek laten zakken en hun geslachtsdeel van zeer dichtbij laten vastleggen. En toen moest de keurige mevrouw aan de man van de plaatselijke fotowinkel uitleggen dat dit niet haar nieuwe hobby was. Of ik dat grappig vind? Zeer grappig zelfs. Sterker nog: ik had het bedacht. Tourneehumor noemen we dat.

Het camera-incident kan natuurlijk ook Brabantse folklore zijn. Dat ze in Eindhoven zo met elkaar omgaan. Dat je na het fout parkeren van je auto je vervoermiddel terugvindt zonder buitenspiegels, een geknakte antenne en vier lekke banden. Dit alles onder het motto: Wie geen borden kan lezen moet maar voelen. Maar goed: Theo heeft zijn excuses aangeboden en de storm

in het glas water is alweer gaan liggen.
Over verontschuldigingen gesproken: Vandaag wil ik mijn oprechte excuses aanbieden aan embryo-minister Rouvoet. Ik heb in mijn stukje van vorige week een grove fout gemaakt door te stellen dat het secretariaat van zijn ministerie voorafgaand aan een bezoek van de minister belt met de mededeling dat de heer Rouvoet het op prijs stelt als hij met *Excellentie* wordt aangesproken. Dat is onjuist. Naar aanleiding van dat stukje ontstond er licht rumoer op de radio, internet en in diverse kranten. Ik las dat de minister her en der beschimpt is om dit ijdele gedrag. Daarom heb ik de feiten over deze kwestie nog even extra goed gecheckt. En inderdaad: ik heb mijn zegsman verkeerd geciteerd. En dat wil ik, zeker in het belang van de heer Rouvoet, onmiddellijk rechtzetten. Ik ben niet te groot om te buigen als ik een domme fout heb gemaakt. Zoals in dit geval: een voor de minister beschadigende fout. Er is door zijn secretariaat namelijk niet gebeld met het verzoek dat onze André graag Excellentie genoemd wil worden. Er is door het secretariaat gezegd dat de minister graag ***Zijne Excellentie*** genoemd wil worden. Sorry dus.
Zelf ontkent de woordvoerder van André dat het gevraagd is, maar volgens mij mag je van God niet jokken.

Zwembad

Als NOS-sportverslaggever Bert Maalderink in een of ander *Sportjournaal* weer begint te zeveren over welke spelers op de training een hesje krijgen ga ik altijd even pissen. Ik kan niet tegen dat schoolkrantgemuts en moet dan even wat anders doen. Ik kom pas terug als Bertje echt helemaal klaar is. Zeker met zijn vragen aan de bondscoach. Zelf vindt hij die doorgaans heel kritisch, maar ik vind ze vooral ouderwets, slaapverwekkend en hopeloos ingewikkeld. In elk geval niet kritisch. Marco van Basten kijkt Bertje meest heel vermoeid aan en geeft dan heel geduldig zo diplomatiek mogelijk zijn antwoorden. Antwoorden waar Bertje overigens nooit tevreden mee is. Bert is een bijtertje en vraagt graag nog even door. Inmiddels is het een soort spelletje geworden en het tragische er aan is dat Bert zichzelf daarin bloedserieus neemt. Hijzelf is bijna meer het onderwerp van de reportage dan de bondscoach. Inmiddels zijn er twee kampen. De absolute Bert-fans en de zogenaamde Maalderink-haters. Hoewel ik dus meestal even iets voor mezelf ga doen hoor ik niet bij de haters. Een mens moet nou eenmaal een paar keer per dag pissen en het is prachtig als iemand je daar de gelegenheid voor biedt zonder dat je het gevoel hebt dat je iets mist. Dus ik mag hem eigenlijk wel.

Maar ondertussen merk je dat een aantal spelers en de bondscoach zelf een beetje klaar zijn met deze pony met één trucje. Het ziet eruit als een huwelijk dat een beetje is gaan ruiken. De ramen moeten open. De kamers moeten gelucht. De spelers zien de vragen al van kilometers aankomen en beantwoorden deze op bijna medelijdende toon.

Er gaat nu een filmpje over het internet waarop je perschef Jansma en Marco hun ongezouten mening over de sterverslaggever kunt horen geven. Omdat de microfoon openstond kon Bertje horen wat er gezegd werd en dit stukje had hij oorspronkelijk achter zijn reportage geplakt. Later is het geskipt, maar door een lekkende NOS'er is het op het internet beland. Tegenstanders linken het naar elkaar, maar de fans ook.

Want nogmaals: er zijn ook Bert-fans. Mensen die hem juist prachtig vinden, waarderen omdat hij niet met alle winden meewaait en hem op een schild hijsen omdat hij als een van de weinigen niet meegaat in de veel te euforische polonaise na de wereldpot tegen Italië. Zij vinden hem zelfs een verademing.

Voor hen bestaat de rest van de pers uit saaie meelopers. Zij stellen de toiletgang uit tot hun goeroe Bertje aan de beurt is geweest.

Of Bert moet blijven? Volgens mij is dat geen vraag. Bert blijft gewoon. Ik vrees nog honderd jaar. En eerlijk gezegd vind ik dat wel goed. Hartstikke goed zelfs. Hij groeit tijdens dit EK uit tot de absolute vijand van het team.
En dat is prachtig. Dat versterkt de teamgeest. Het is heel goed voor de groep als je met zijn allen één iemand een onbedaarlijke eikel vindt. En volgens mij komt Bert behoorlijk in de buurt. En het mooie is: Bert vindt dat volgens mij wel lekker. Bert vindt zichzelf minstens zo belangrijk als Marco, dus hij heeft wel vrede met zijn eikelbestaan. Zijn werk is niet onopgemerkt gebleven.
Er wordt over hem gepraat. En niet alleen onder het volk, maar ook onder zijn vakbroeders. Ook in die groep zijn de meningen sterk verdeeld. Sommigen vinden dat je best een beetje close met bepaalde spelers mag zijn, terwijl anderen menen dat je juist altijd gepaste afstand moet houden. Hoewel beide groepen het er over eens zijn dat de homoseksuele relatie tussen Ruud Gullit en Frits Barend ooit veel te ver ging. Die tongzoen in die parkeergarage is niemand vergeten.
Maar goed: Bert moet dus blijven en vooral zo zeikerig blijven zeuren. Het elftal gaat er alleen maar beter van spelen. En dan? Dan worden ze Europees kampioen of halen ze minimaal de finale? En dan? Dan wordt een oude traditie in ere hersteld. Het elftal pakt Bertje en ze flikkeren hem met zijn allen in het zwembad.

Sinken

Je mag het als columnist toch wel grappig vinden dat in Rita's beweging nu al de pleuris is uitgebroken? Of Sinke nou gegraaid heeft of dat Kay heeft lopen jatten of dat Rita zelf een krater in haar hand heeft doet er allemaal even niet toe. Het is onrustig en dat is leuk. Oude tijden herleven. Opeens zie ik het straatvechtende crapuul van de LPF weer voor me. De literair begaafde Harry Wijnschenk, de koddige Eduard Belletje Bomhoff, de fijnbesnaarde Herman Heinsbroek, de erudiete Cor Eberhard, carnavalsnummer Hilbrand Nawijn en de geweldige olifantentemmer Mat Herben. Nee, ik vergeet de ontoerekeningsvatbare en daardoor o zo aantrekkelijke Winnie de Jong niet. En wat te denken van Gerard van As, João Varela, Ferry Hoogendijk en Gods eigen wonder Jim Janssen van Raay? Al dat spul bij elkaar was toch prachtig en zorgde voor schitterend dagelijks amusement. In mijn herinnering werd die Wijnschenk zelfs nog een keer bedreigd met een pistool. Politiek op het hoogste niveau dus.

Of het met Rita ook zo gaat? Ze is in elk geval goed op

weg. Ze is al voor meer dan een tonnetje getild door een of andere manische beroepsoplichter, vervolgens moest ze toegeven dat ze besmet geld van Nina Brink heeft aangenomen en nu komen de wagonladingen rioolbagger van Ed Sinke en zijn vriendje naar buiten. Wacht maar tot Edje echt gaat praten en nog wat fijne namen uit de vastgoedsector gaat noemen. Of het Rita gaat schaden? Voorlopig niet. Haar stemmers lallen zich stomdronken in het oranje door Basel en hebben wel iets anders aan hun hoofd. Basel is in dit geval trouwens een mooi woord. Wenen ook, maar dan alleen als ze verliezen.

Laatst bleek al dat de ToN in zwaar weer verkeerde. Ik las toen ergens dat Kay bedacht had dat je voor tien ruggen Rita een avondje bij je thuis of in je bedrijf kan krijgen. Dan komt ze mee barbecueën of neemt ze het voortouw in de polonaise. Onbeperkt spareribs knagen met Rita. Heerlijk toch? Een soort Ria Valk, maar dan zonder zang. Ik vrees dat Kay dit heeft afgekeken van de Amerikanen. Kay kijkt namelijk alles af van de Amerikanen. Bij elk debiel voorstel dat hij Rita doet zegt hij: 'In Amerika is dat heel normaal!' En als iets in Amerika heel normaal is dan is het goed. Maar je moet als politica toch behoorlijk aan het eind van je Latijn zijn als je op de schnabbeltour langs bedrijfsfeestjes moet.

Gister las ik in het AD dat Rita inmiddels heeft verklaard dat ze, als ze na de volgende verkiezingen premier wordt, in het Catshuis wil gaan wonen. Dat is eigenlijk na het behoud van Sinterklaas en Zwarte Piet het tweede concrete politieke voorstel dat ze doet. Verder is ze zich nog aan het beraden. Waarover? Geen idee. Maar dat ze in het Catshuis gaat wonen staat vast. Waarschijnlijk is dat voor Rita het belangrijkste: Wonen in het Catshuis. Het is toch prachtig dat zo'n leeghoofd zo goed als zeker ons land gaat leiden. Wie haar ministers worden? Ik vrees dat Harry Mens en Nina Brink al warmlopen. En verder mag u het invullen. Denk aan Bassie van Adriaan op Cultuur, Peter R. de Vries op Justitie, Lee Towers op Buitenlandse Zaken omdat hij in het Engels zingt en Frans Bauer op Ontwikkelingssamenwerking. Wilders zal Volksgezondheid wel nemen en ongetwijfeld wordt Godsdienstzaken daar aan toegevoegd. Die enge Hero Brinkman neemt vast en zeker onze overzeese gebiedsdelen voor zijn rekening en daar zullen ze op Aruba blij mee zijn. De politiek is weer helemaal van het volk.

Ik begreep Jan Marijnissen zo goed toen hij vorige week tegen zijn vrouw zei: 'Ik maak er wel rugklachten van.' En ondertussen is ook bekend geworden dat er extra hard gewerkt wordt aan de verbouwing van Slot Drakensteyn. De koningin heeft haast. Grote haast zelfs. Maar voor de columnist breken er gouden tijden aan. De hamvraag is alleen: wil de columnist dat?

Menselijk

Toen vorige week bekend werd dat het OM de bekende makelaar, mislukt politicus en televisiepresentator Harry M. verdenkt van fraude, sprak een vriend van mij: 'Het gebeurt altijd bij mensen van wie je het niet verwacht!' Het schijnt dat Harry een rekeningetje van 800.000 euro mocht schrijven in ruil voor het niet openbaar maken van bepaalde zaken over de oud-voorzitter van het Bouwfonds, ene Cees H. Binnen de maffia heet dit gewoon zwijggeld. Valt in het politiejargon onder de noemer Afpersing. Normaal vraagt Harry geen zwijggeld, maar juist praatgeld. Als je in zijn programma *Business Class* iets wil komen vertellen, moet je hem normaliter een flink bedrag betalen. In ruil gaat hij je dan journalistiek ondervragen. Zielig? Ja!
Ik las in een aantal artikelen dat de afgeperste Cees H. ooit nog kandidaat-minister voor de LPF is geweest, maar Mat Herben heeft inmiddels via een ingezonden brief laten weten dat Cees dat nooit geweest is. Mat herinnerde zich dat nog goed, omdat in die tijd namelijk elk lid van de LPF kandidaat-minister was. Behalve

Cees dus. Hij kwam niet door de ballotage. Had waarschijnlijk toen nog geen strafblad. Dat was namelijk absoluut verplicht bij de LPF. Cees heeft dat later overigens meer dan goed gemaakt. Onlangs stond er in *de Volkskrant* met wat voor maffiapraktijken Cees zijn miljoenenvilla en dito saldo bij elkaar sprokkelde. Die 800.000 euro zwijggeld waren een schijntje. En hij was niet alleen. Er werden meer namen genoemd. En inmiddels zijn er ook een stuk of wat jongens gearresteerd. Fijne types. Zal binnenkort een vrolijk en spraakmakend proces worden. Allemaal vastgoed, maar binnenkort allemaal ook goed vast.

Harry ook? Volgens Harry hij niet. Alle verdenkingen zijn volgens hem op niets gebaseerd. Harry is een keurige jongen en rekeningen schrijven voor dingen die je niet gedaan hebt, is in zijn wereld meer dan normaal. 800.000 euro tipgeld.

Hoop maar niet dat Harry zijn tipgeld in aandelen Fortis heeft gestopt. Want dan is er niet veel meer van over. Ik begrijp dat dat bankje niet echt lekker gaat. Huilend en smekend probeert Fortis-baas Jean-Paul Votron acht miljard bij elkaar te bedelen. De Belg geeft nieuwe aandelen uit, leent, verkoopt gebouwen en probeert bedrijfsonderdelen te slijten. En de aandeelhouders krijgen geen interim-dividend. De wanhoop spat uit Jean-Paul zijn ogen.

Daarbij heeft de schat een probleem. Vorig jaar kreeg hij, omdat hij tijdens de overname van een deel van ABN Amro nogal wat overuurtjes had gemaakt, een loonsverhoging van 73 procent en een tussentijdse uitkering van 2,1 miljoen euro. Zomaar gratis op zijn bestaande hongerloon. De hele aandeelhoudersvergadering kreeg van die mededeling enorm de slappe lach en er werd hardop geprotesteerd. Dit was onzin en ronduit gelul. Maar het hielp niet. Votron sprak: 'Zo dom zijn Belgen ook weer niet. Betalen en vlug een beetje!' Dat vlug een beetje wordt nu pas echt goed begrepen. Want de bank is een paar maanden later bijna failliet. Maar hij zit er natuurlijk wel mee. Hoe verantwoord je 73 procent loonsverhoging en een losse premie van 2,1 miljoen, terwijl je je aandeelhouders het dividend schuldig moet blijven? Ik zou in de lift van het hoofdkantoor niemand durven aankijken. Natuurlijk, alle banken wankelen, maar toch: 73 procent en dat ook nog eens op een miljoenensalaris plus 2,1 miljoen. Hoewel? Waar zit je mee? De meesten die je aan moet kijken zijn volgende maand ontslagen. En daarbij is het merendeel Hollanders. En Hollanders zijn de Schotten van het vasteland. Zestienhonderd keer per jaar moet de Belgische wegenwacht gestrande Nederlandse automobilisten aan benzine helpen. Ze komen stil te staan vlak voor Luxemburg, waar ze willen tanken omdat de benzine daar een paar cent per liter goedkoper is. Zielig? Heel zielig. Maar ook wel handig in dit geval. Een volk dat zijn tank leeg rijdt voor een paar euro voordeel snapt een salarisverhoging van 73 procent als geen ander. Dat wordt zijn antwoord. Kort en bondig: Jean-Paul Votron is ook maar een mens. Net als Harry!

Prijzenslag

Het EK-voetbal is voorbij en niemand had Spanje getipt. Zelfs Spanje zelf niet. Afgelopen maandag was de dag van de lijstjes. Hierbij een overzicht:
Tsjechië heeft de meeste vrije trappen op eigen helft genomen, Polen heeft het vaakst ingegooid en Kroatië heeft het meest gewisseld van schoeisel. De Duitse keeper had de slechtste ogen, de Portugese coach kende veruit de meeste scheldwoorden en heeft het vaakst naar huis gebeld. Sylvie van der Vaart heeft van alle spelersvrouwen het meest geshopt, maar dat kwam omdat Nederland in Lausanne zat en daar is het nou eenmaal veel duurder dan in de andere Zwitserse steden. Frau Ballack werd verrassend tweede. Sylvie kwam op een daggemiddelde van 1246 Zwitserse franken. Hier zaten ook kleertjes voor de kleine Van der Vaart bij. De prijs voor de perschef met het meeste geduld was voor Kees Jansma. De perschefs van de andere landen hebben hier wel protest tegen aangetekend. Zij vinden dat Kees het te gemakkelijk had met Bertje Maalderink in de ploeg. Dan kan je

volgens zijn collegae op voorhand al niet meer verliezen. Bertje is overigens uitgeroepen tot de scherpzinnigste journalist van dit EK. Deze prijs is toegekend door Bertje zelf. De best geklede analyticus van het toernooi was Gert Jan Verbeek, die vooral de laatste avond een scherp gesneden korte broek combineerde met een lekker losse sweater en een paar geraffineerd versleten sportschoenen. Met deze gedurfde combinatie liet hij iedereen ver achter zich. Johan Cruijff is voor de vijfde keer uitgeroepen tot de minst begrepen analyticus en de concurrentie vreest dat hij er ook in 2010 weer met deze trofee vandoor zal gaan. Johan is gewoon de beste en naarmate hij ouder wordt wordt hij alsmaar mistiger. De analyticus van de Kroatische staatstelevisie, Joran Mrladovic, heeft dit jaar een serieuze gooi naar deze felbegeerde prijs gedaan door na de wedstrijd tegen Oostenrijk twintig minuten uit Roodkapje voor te lezen, maar ook die avond bleef hij ver achter bij onze eigen Johan. Verder is Guus uitgeroepen tot de beste coach. Deze wisselbeker is hem voor het toernooi al uitgereikt. Dit gebeurde net als bij de andere grote toernooien tijdens een kleine ceremonie in de hotelkamer van Guus. Hij haalt de wisselbeker uit zijn koffer, geeft hem aan zichzelf en doet hem vervolgens weer terug in diezelfde koffer. De Italianen hebben de meeste zeep en aftershave gebruikt, de verslaggevers van het Duitse boulevardblad *Bild* stonken van alle journalisten het meest uit hun straatje en Frankrijk had veruit de oudste ploeg. Drie spelers waren de wedstrijd tegen Roemenië bijna vergeten. Er ging overigens nog een prijs naar de Franse ploeg. Die voor de slechtste spelersbuschauffeur. Zoals bekend ramde hij in een vloeiende manoeuvre drie keer een hek en twee keer een personenauto. Het gerucht gaat dat de Duitse doelman Lehmann op dat moment achter het stuur zat. In deze categorie werd de Nederlandse chauffeur verrassend tweede. Hij vergat na een training Klaas-Jan Huntelaar mee te nemen.

De Roemenen hebben van alle ploegen veruit het meeste porno gekeken, de Zwitsers kregen een prijs omdat ze hun hotelkamers zo voorbeeldig opgeruimd achterlieten en de Nederlandse supporters hebben 1.4 miljoen liter urine van de Alpen laten kletteren.

De prijs voor de Grootste Hypocriticus ging dit jaar weer naar mijzelf omdat ik voor de wedstrijd tegen de Fransen uitgebreid in de VIP-Lounge van de UEFA aan de champagne zat en voor het potje tegen de Roemenen een gastronomisch vorkje mocht meeprikken met de sponsors van de KNVB. En maar schelden op die bobo's.

Verder kreeg onze Bertje Maalderink nog een prijs voor zijn durf om onmiddellijk na dit EK zijn ontslag in te dienen. Hij was te weinig gesteund door collega's en te vaak belachelijk gemaakt door de gasten van Jack. Zijn besluit is binnen de spelersgroep met luid gejuich ontvangen. Inmiddels gaat het gerucht dat er een lijmpoging wordt ondernomen. De NOS schijnt Bertje toch te willen houden. Diverse spelers reageerden nuchter met: 'Grappig. Dat wordt dan weer een rouwband!'

Luchtjes

Een vriendin van mij woont in een mooi, Amsterdams appartement dat ooit bewoond is geweest door twee strakke nichten. Dus is het licht, hip en yup. In het pand zijn meer appartementen en daarom is er een Vereniging van Eigenaren. Een paar keer per jaar komen de bewoners samen om te vergaderen en mijn vriendin kan daar uiterst vrolijk over vertellen. Het zijn dure appartementen, bewoond door voornamelijk dertigers, die er hard voor moeten tweeverdienen en er daarom zelden zijn. Ze slapen er en in het weekend scharrelen ze er een beetje rond. Maar ook dan zijn ze er bijna nooit. De door de week veel te veel zittende kantoorlijven moeten dan weer worden strak gezweet in de sportschool en er moet natuurlijk worden genetwerkt, ofwel gegolfd en gefeest.

Toch hebben de bewoners in de weinige tijd die ze met elkaar in het pand doorbrengen last van elkaar. En op de vergaderingen komen die ergernissen naar buiten. Vuile voeten in het halletje. Op wiens kosten wordt de kokosmat uitgeklopt? Te veel rondslingerend reclamedrukwerk. En meer van dit soort gemuts. Twee echtparen hebben kinderen en dus ook zo'n in Amsterdam-Zuid verplichte kakfiets.nl met zo'n bak voorop. De kinderloze bewoners vinden die fietsen te breed. Ze belemmeren de doorgang op de stoep en moeten daarom elders geparkeerd. Hier is laatst anderhalf uur over gediscussieerd. De advocaat van tweehoog kwam met jurisprudentie over wat er wel en niet op een stoep mag staan, maar sinds kort denkt hij milder. De vergadering denkt dat zijn vriendin, iets snels in de reclame, zwanger is. Wel aardig om te weten dat bijna alle bewoners academici zijn. Hebben dus gestudeerd en een aantal jaren van hun leven op een ranzig kamertje in een schimmelend studentenhuis vertoefd. Maar op de een of andere manier zijn ze dat vergeten. Op de laatste vergadering ging het in het pand over etensluchtjes. Of om de notulen letterlijk te citeren: hinderlijke etensluchtjes. Een mevrouw, iets heel hoogs in de IT, had last van de kookkunsten van de snelle advocaat van tweehoog en de kandidaat-notaris van driehoog sloot zich bij haar aan. Ook hij rook uien en knoflook op momenten dat hij daar geen behoefte aan had. Mijn vriendin ruikt bijna nooit iets. En als ze wat ruikt vindt ze dat eerder lekker dan hinderlijk. Het is leuk thuiskomen in een pand waar achter diverse deuren goed gekookt wordt. Rook ze maar wat! Dat vindt ze eigenlijk nog het ergste: het is etenstijd en je ruikt niks. Alles ploetert nog in een kantoor aan de Amsterdamse Zuidas en knaagt daar iets vies uit een kantine. Of ze magnetronnen iets smerigs in een plastic bakje van de avondwinkel. Maar goed: de dertigers hebben dus last van elkaars etensluchtjes en nu hebben ze een speurneus van een bouwkundig adviesbureau ingehuurd en hij komt binnenkort ruiken en meten. Daarna schrijft hij een rapport, dat rapport wordt behandeld in de vergadering, daarna wordt er ongetwijfeld een *second opinion* aan een ander bouwkundig adviesbureau gevraagd, dan begint het offertecircus, waarna na twee jaar oeverloos vergaderen en ruziën een hele dure kookluchtjesbestrijder aan de aanleg van een of ander raar afzuigsysteem begint. En daar komt natuurlijk ook weer gezeur over. Moet je meebetalen aan iets waar je absoluut geen last van hebt? Dat is overigens niet het probleem van mijn vriendin. Zij moet alleen maar heel hard lachen. En haar man nog harder.

Waarom ik dit schrijf? Ten eerste omdat ik het onbedaarlijk grappig vind dat afgestudeerde mensen zich hier serieus mee bezighouden. En omdat ik weet dat er in Nederland duizenden van dit soort sneue verenigingetjes zijn. Mensen, die overdag onze economie draaiende houden door tegen een buitenissig uurloon de consultant uit te hangen, debatteren 's avonds over hinderlijke etensluchtjes. Dat is toch grappiger dan leuk? Of ik een advies heb voor deze hardwerkende dertigers? Absoluut. Probeer eens een woning in Darfur. Of anders Eritrea. Daar is het altijd lekker weer en daar heb je absoluut geen last van hinderlijke etensluchtjes.

Góóól

Sinds een jaar of zestien ga ik één keer en soms zelfs twee keer per jaar naar de derby in Milaan. Voetballiefhebbers weten dat ik het over de grote wedstrijd tussen AC Milan en Inter Milan heb en niet-voetballiefhebbers weten dat nu ook. Kenners hebben het niet over Inter Milan en AC Milan, maar over *Inter* en *Milan.* Inter staat voor Internazionale, in 1908 afgescheiden van het toenmalige Milan FC na een ruzie over het toelaten van buitenlandse spelers. Het mag duidelijk zijn dat Inter voor toelating was. Inmiddels weet ik best veel van de derby. Hoeveel keer ze tegen elkaar speelden, hoe vaak wie won, dat de eerste derby in het Zwitserse Chiasso plaatsvond, dat er twee Nederlandse broers bij de oprichting van Inter betrokken waren en dat de schilder Giorgio Muggiani hun befaamde logo ontwierp. Ik weet in welk café Inter is opgericht, dat de *Madonnina* (de Heilige Madonna die op de Dom prijkt) haar naam aan de derby heeft verbonden, dat Faas Wilkes de eerste Nederlander was die meespeelde en dat Giuseppe Meazza met 19 doelpunten de topscorer van de derby is (18 keer voor Inter en 1 keer voor Milan). Weetjes. Zinloze weetjes, maar wel erg leuke weetjes. Al die informatie heb ik van David Endt, de vriend die ooit het derbyvirus aan mij heeft overgedragen. Hij is de man die meer van de derby en vooral van Inter weet dan wie ook, zelfs meer dan het hele bestuur en de directie van deze club bij elkaar. Toen hij zestien was liftte hij in zijn eentje naar Milaan om de derby bij te wonen. De eerste van de inmiddels meer dan vijfentwintigste keer.

De derby is niet te omschrijven omdat je hem moet horen, zien en ruiken. Voelen dus. Voelen met je hart. Het is het oorverdovende lawaai, de gigantische spandoeken over en weer, de kleuren en de geuren van het vuurwerk, het trillen van het beton van het stadion en de pure emotie. Twee keer drie kwartier liefde en haat, deels echt en deels magistraal geacteerd. Italiaans straattheater van de bovenste plank.

David verandert als hij het San Siro binnenkomt, is na het eerste fluitsignaal totaal onbereikbaar. Een soort trance. Lichte verhoging. Na de wedstrijd gaan we steevast eten in een restaurant in de schaduw van het stadion en daar kaarten we na. En altijd raak ik weer ontroerd door zijn liefde voor het voetbal. Echte liefde. Niet alleen voor Inter en ook niet alleen voor het Italiaanse voetbal. Nee, het voetbal!

Er zijn weinig mensen die zo gloedvol over spelers kunnen praten. Club of land maakt niet uit. Voetballers. Mooie voetballers. Zowel van toen als van nu. Hij

kent mooie randverhalen, anekdotes die er toe doen, verhalen die iets toevoegen aan de carrière.
Vorig jaar was David een tijdje aan zijn huis gekluisterd. Zijn gezondheid haperde even. Na die tijd kwam hij bij me langs met in een map een soort werkstuk van een schooljongen. Hij had een aantal van zijn favoriete voetballers op een rij gezet en er mooie stukjes bij geschreven. Voetballers die hem ooit blij gemaakt hadden. Blij door de schoonheid van hun spel. De illustraties had hij er zelf bij gefröbeld en het begrip fröbelen bedoel ik hier verre van denigrerend. Integendeel. Hij had collages gemaakt van foto's uit voetbalbladen en van het internet. Beeldschone collages. Een jongen aan het werk. Een dromer met een schaar en een plakstift. Hij liet het me zien in de keuken. Het aanrecht kreeg het er warm van. De pannen bloosden van geluk. Toen ik het uit had belde ik in zijn bijzijn mijn uitgever, binnen een dag was er een afspraak en twee maanden later lag er een zeer bijzonder boekje met de geweldige titel GÓÓÓL. Een absoluut juweeltje. Vaak geef ik het cadeau en altijd krijg ik binnen een dag een mail of een telefoontje met uitzinnige oprechte complimenten. En iedereen heeft het vooral over de liefde. De liefde van David voor het voetbal zoals God het voetbal ooit bedoeld heeft. Dus geen gedoe over transferperikelen, geen gedonder over gele en rode kaarten, zwart geld of corrupte makelaars, niks van dat al. Odes! Voetbalodes. Aan Maradona, Cassano, Pires, Materazzi, Ronaldinho, Shevchenko, Zambrotti en uiteraard Zidane. Nu

noem ik er acht van de dertig.
Het is niet mijn gewoonte om vrienden te pushen of hun werk een extra duw te geven. Maar soms moet het. Mijn vingers dansten vanzelf over het toetsenbord. Niet mijn hoofd, maar mijn hart stuurden de woorden naar mijn handen. Betoverd door het boekje waarmee nog een heel subtiel grapje door de binder is uitgehaald. Welk grapje. Dat vertel ik pas als je het in huis hebt.

Uit mijn duim

Je ziet ze niet meer. Waar zijn ze? Heeft de ov-jaarkaart ze lui gemaakt? Of zelfs verdreven? Maar het waren toch niet uitsluitend studenten? Het waren ook soldaten. Die werden trouwens bijna altijd meegenomen. Zelfs mijn ouders stopten voor ze. Uitsluitend voor soldaten en meisjes. De rest zocht het maar uit. Die meisjes konden beter bij ons in de auto zitten dan bij een of andere enge griezel met heel andere bedoelingen. Dat vonden mijn ouders. En eenmaal in de auto kreeg zo'n meisje altijd een goedbedoeld preekje van mijn moeder. Of ze wel wist hoe gevaarlijk het voor een meisje alleen was? En of haar ouders wisten dat ze liftte?

'Ja', loog het meisje. Vaak zei ze dat het om een klein stukje ging. Maar ook op kleine stukjes kon volgens mijn moeder heel veel gebeuren. Juist op heel kleine stukjes. Echte moeders voeden altijd op.

Ik heb het dus over lifters. Ze zijn verdwenen uit het snelwegbeeld. Heel af en toe zie je er nog een, maar dat is dan ook echt héél af en toe. Je moet aan je kinderen uitleggen wat iemand bedoelt als hij zijn duim naar je auto opsteekt. Hij wil mee.

'Waarom heeft ie zelf geen auto?' vroeg mijn zoon toen hij nog heel klein was. Goeie vraag. In kinderogen heeft iedereen namelijk een auto.

Het liften heeft me van kleins af aan gefascineerd. Vijfenveertig jaar geleden was ik negen toen ik mijn eerste lift kreeg. Min of meer per ongeluk. Ik woonde in Naarden en mocht op zondag af en toe in mijn eentje naar Ajax. Dat was een simpel busritje zonder overstappen. Ik ging al vroeg omdat Ajax vanaf twaalf uur aan een bepaald loket in De Meer jongenskaartjes verkocht. Van mijn moeder kreeg ik twee gulden mee. Een retourtje Amsterdam was een piek, het jongenskaartje vijftig cent en de overgebleven twee kwartjes mocht ik versnoepen. Zo heette dat toen. Op een zondag stond ik op de Rijksweg bij de halte Thierensweg te wachten toen er een echtpaar stopte. Waar de kleine jongen naar toe moest? Zij gingen ook naar Amsterdam en voor ik het wist zat ik achterin te kakelen over de opstelling en de kansen van mijn cluppie. Was dit liften? Nee, dit was meerijden. Ze zetten me af bij het stadion en reden door om die meneer zijn oude moeder te bezoeken. Dat deden ze elke zondag. Na de wedstrijd ging ik bij het stoplicht staan en vroeg ik aan mensen of ze richting Naarden gingen. Domme vraag want iedereen vanaf daar ging richting het Gooi. Binnen de kortste keren zat ik prinsheerlijk achterin. Kleinduimpje op avontuur. Een beetje misselijk van het snoepen. Want voor een gulden vijftig kon je veel kopen in die tijd. Thuis hield ik uiteraard mijn bek dat ik met vreemde mensen was meegereden. Alleen mijn broer Tommie wist het. Geloof niet dat hij een kwartje zwijggeld wilde.

Twee weken later stopte hetzelfde echtpaar en na de wedstrijd zat ik weer in een mooie auto. De terugreis was nooit een probleem. Zeker niet als ze gewonnen hadden.

Jaren ging het goed. De heenreis met dat mutsige echtpaar vond ik op een gegeven moment wel een beetje tuttig worden, dus al gauw ging ik wat eerder of later en stak ik heldhaftig mijn duimpje in de lucht. Ik liet de bus aan mij voorbij gaan. Waarschijnlijk vertederde het beeld van dat liftende kleine kereltje want binnen een minuut werd ik meestal meegenomen. Bijna altijd door echtparen en keer op keer werd ik door de vrouw streng toegesproken. Of ik wel wist hoe gevaarlijk het was? Juist op kleine stukjes! En of mijn moeder het wist? Ja, loog ik net als de meisjes.

Op de relatief veilige ritjes van twaalf kilometer tussen Naarden en Amsterdam werd de lifter in me geboren. De horizon lonkte. Eigenlijk kon ik niet wachten. Zo klein als ik was: Ik wilde weg. Waarheen? Wel eens van de wijde wereld gehoord?

Uit mijn duim (2)

Vroeger had je echte liftersplekken waar ze massaal stonden. In Amsterdam was dat aan het eind van de Rijnstraat bij de Utrechtsebrug waar de A2 begon en bij de Gooiseweg, eigenlijk de oprit van de A1. Zo had elke stad zijn eigen plekken. In Groningen de Emmabrug, in Utrecht de Berenkuil en de Douwe Egbertsfabriek en waar ze in Rotterdam stonden weet ik eerlijk gezegd niet.

Veel lifters hadden een kartonnen bordje. Daarop stond de plaats van bestemming. Vaak verre steden. Maastricht, Leeuwarden, Groningen. Ik bekeek dat als jongetje met diep respect. Dat waren pas globetrotters. Avonturiers. Maastricht. Leeuwarden. Groningen. Dan durfde je.

Waarom zijn de lifters er eigenlijk niet meer? Er is toch altijd geldnood? Zo vorstelijk worden die klussende Polen toch ook weer niet betaald? Waar zijn ze? Of steken ze hun duim tegenwoordig omhoog op internet? Is er een liftersite waarop je je reis van A naar B of C regelt? Hoe zit het? Wie kan mij vertellen waar ze geble-

ven zijn? Ik mis ze. Ik mocht ze altijd graag meenemen. Niet alleen om de aanspraak, maar ik heb het zelf te lang en te hartstochtelijk gedaan. Dus ik weet wat het betekent als je lang moet wachten in striemende regen of brandende zon.
Zeventien was ik en ik moest en zou naar Kopenhagen. Daar gebeurde het. Met wie ik ging? Met mezelf. Dat leek me nou leuk: alleen reizen. Zonder vrienden. Lange discussies met mijn bezorgde ouders volgden. Steeds weer het woordje waarom. Andere jongens gingen met elkaar naar Spanje of Frankrijk of zeilkamp, maar ik wilde dat niet. Ik wilde alleen en absoluut naar Kopenhagen. 1971 en iedereen zei dat het daar gebeurde. Uiteindelijk moest ik het zelf maar weten. Ze konden me tegenhouden, maar dat wilden ze niet.
Nog altijd vind ik het jammer dat ik de brief, die mijn vader me geschreven heeft en die bij mijn nachtelijk vertrek op de eettafel op me lag te wachten, ben kwijtgeraakt. Een ontroerende brief van een oprecht bezorgde vader aan een onbezonnen joch van zeventien. Toen begreep ik niks van hem, maar nu, 37 jaar later en zelf in het bezit van zo'n zoon, snap ik hem beter dan ooit. Heb hem dat gelukkig nog wel kunnen vertellen.
'S Ochtends om vier uur verliet ik het huis en natuurlijk lagen mijn ouders klaarwakker. Even later hees ik me bij een onverstaanbare chauffeur in de eerste vrachtwagen. Op naar het noorden. Nog weet ik welke gelukkige huiver er door me heen trok. Het rare gevoel. Mijn met vakantiewerk bij elkaar gesprokkelde centen,

een paar boeken, wat kleren en een overvol avonturenhoofd. Het leven ging beginnen.
In Hamburg werd het een schimmig hotel in Sankt Pauli, dertig kilometer voor Flensburg sliep ik in de berm onder aan een viaduct, maar ik kan beter toegeven dat ik niet sliep omdat ik doods- en doodsbang was. Eigenlijk wilde ik terug. Wat deed ik daar? Van wie moest dit? Wie moest ik iets bewijzen? Al mijn vrienden hadden het vrolijk met elkaar. Rumoerige campings, rare huisjes, vrolijke hotels maar vooral met elkaar. Toen het licht werd kwam ik te voorschijn uit de bosjes en bond mijn slaapzak en matrasje bij elkaar. Ik was nog niet gaan staan of er stopte een auto. Een grote Mercedes met een oude man er in. Waar ik heen wilde? Denemarken! Stap maar in. Dat was wel een hele snelle lift. Ik zat bij een grote, oude, zwaar ademende man, die me vertelde dat hij me niet mee de grens overnam. Dat stukje moest ik lopen. Ik kon wel drugs bij me hebben. Ik zei dat ik dat niet had. Of wapens! Die had ik zeker niet.
'Maar ik wel,' zei de man en trok uit zijn binnenzak een groot, stevig pistool dat hij onmiddellijk op me richtte.
'Dus geen gekke dingen doen!' sprak hij met een woeste blik in zijn ogen
'Nee', stotterde ik en bibberde van binnen en van buiten heel zacht om mijn moeder.

Uit mijn duim (3)

Amper twee dagen onderweg en nu al onder schot. Hoewel? Was het pistool echt? Ik vroeg me dat overigens toen niet af. Op dat moment was alles echt. Ik zag de trillende gek en realiseerde me dat hij zomaar voor me gestopt was, dat ik nog helemaal niet gelift had, dat ik nog bezig was om mijn slaapzak op te rollen en op mijn rugzak te binden. Toen hoorde ik een auto toeteren en wenkte hij mij. Verbaasd liep ik naar hem toe. Of ik een lift wilde? Ja! Dan moest ik wel opschieten. Hij ging tot ver in Denemarken.
Helemaal blij stapte ik in. En nu, nog geen vier kilometer later, besefte ik dat ik bij een levensgevaarlijke psychopaat in de auto zat, een man die tot alles in staat was. Of tot niets. Of ik bang was? Doodsbang. Begreep opeens helemaal niks van mezelf. Mijn vrienden waren met een oude auto naar Spanje en hadden me tien keer gevraagd of ik mee wilde. Gewoon ongecompliceerd lachen, beetje achter de meisjes aan, dom liggen op een strandje en tot diep in de nacht naar de disco. Maar ik wilde niet. Ik moest en zou alleen. Kon het ook niet uit-

leggen. Sinds een paar jaar schreef ik. Liedjes, gedichten, gedachten. Een puber met een overvol hoofd.
En schrijven moet je alleen doen. Niet met drinkende vrienden die al dat artistieke gedoe toch wel wat aanstellerig vonden. Schrijven doe je 's nachts. Als het stil is. Daar moet niemand bij zijn. Geen vragen, geen antwoorden. Gewoon stilte. Schrijven, schrappen, weggooien, opnieuw beginnen, wenden, keren, ondersteboven houden en heel lang naar een regel staren.
Het was het begin van mijn leven als schrijver. Dat was het enige dat ik zeker wist: ik werd schrijver. Dat wou ik niet. Dat moest ik. Van wie? Van mijn hoofd en mijn hart. En schrijvers hangen niet op stranden en in discotheken. Schrijvers zwerven, zien en noteren. Ik was nog koortsig van mijn nachtje Reeperbahn. Mannetje van zeventien, een stampende hormonenkermis zonder geld, dolend tussen de bordelen, mijn rugzak op een hele vieze kamer in een smerig hotel en maar kijken. Kijken naar al dat opwindende lekkers.
Zo alleen en zo gelukkig. Of misschien juist heel ongelukkig en dat laatste maakt me weer intens gelukkig. Ongeluk is nou eenmaal een prettige pijn. Ingewikkeld? Ik kan het niet beter uitleggen. Ik wist dat dit mijn leven zou worden. Dolen en denken. Onschuldig nieuwsgierig. Zoeken en het uiteindelijk nooit vinden. Ik kon het mijn ouders niet uitleggen. Hoewel?
Later begreep ik dat ze me wel degelijk snapten. De mededeling dat ik met mijn zeventien jaar alleen op reis wilde verbaasde hen geenszins. Het hoorde wel bij

me. Maar ze hadden liever dat ik nog een jaartje zou wachten. Maar sommige dingen kunnen niet wachten. Die moeten. En die moeten alleen. Dat is onontkoombaar. Ik moest de discussie aan. De discussie met mezelf. Waarover? Over alles. Over mijn mislukte schoolcarrière, mijn toekomst, mijn verleden, mijn heden. Met wie? Met wat? Ik wilde spelen, vermaken, hard lachen, zacht huilen, schreeuwen, fluisteren en ik wist dat ik bij het verzinnen niemand kon gebruiken. Met niemand overleggen. Niemand teleurstellen. Daarom was ik alleen. Helemaal alleen. Zielsgelukkig alleen. De eerste van vele reizen.
Doelloze trektochten met een pen, wat papier en een grote stapel boeken. Hier had ik jaren over gedroomd. Zo wilde ik leven. Dit was het begin van mijn uiteindelijke geluk en het eind van een overigens geweldige jeugd, waar ik met een grote glimlach op terugkijk.
Opgewonden stapte ik bij de onverstaanbare chauffeur in de vrachtwagen, drie dagen ging het crescendo en nu zat ik in een Mercedes naast een oude man, die zwaar ademde en zweette als een otter. En die een pistool op mij gericht hield. Een trillend pistool.
Dinsdagochtend. Kwart over zeven. Zeventien jaar. Noord-Duitsland. Jongen onderweg. Jongen is een te groot woord. Een doodsbang kereltje. Een kind. God, wat had mijn moeder gelijk.

Uit mijn duim (4)

Natuurlijk liep dat goed af met dat pistool. Anders had ik zevenendertig jaar later deze stukjes niet kunnen schrijven. Het liep heel kinderachtig af zelfs. De oude gek stopte het wapen in zijn binnenzak, bleef mij nog wel een tijdje vervaarlijk aankijken, reed veel te zacht over de snelweg richting de Deense grens en sommeerde me dat ik die in mijn eentje over moest, omdat ik wel eens drugs bij me kon hebben. Hij sprak het woord drugs op een schitterende kotstoon uit. Over de grens zou hij op me wachten en mocht ik verder mee richting Kopenhagen. Opgelucht stapte ik uit de auto.

'Tot zo,' zei hij nog. Ik geloof dat ik hetzelfde antwoordde. Vlak na de douane bleef hij inderdaad op me wachten. Geïrriteerd omdat ik aan de Duitse kant nogal treuzelde. Hij toeterde een paar keer, wees overdreven op zijn horloge en schreeuwde op een gegeven moment heel hard dat ik moest opschieten.

Ik bleef rustig staan. Het duurde wel een half uur voor hij mokkend vertrok. Hij was zijn speeltje kwijt. Niks lekkerder voor een gefrustreerde Duitse bejaarde dan

een liftende scholier de stuipen op het lijf te jagen.
Daarna wachtte ik nog zeker een uur eer ik de grens over durfde. Doordat ik zo lang treuzelde, werd ik wel een object voor de argwanende douane. Zowel mijn rugzak als ikzelf werd bijna geheel binnenstebuiten gekeerd. Een tube Medinos tandpasta, een zakje muntdrop dat mijn moeder voor de gezelligheid stiekem in mijn rugzak had gestopt en een aangebroken pakje Stimorol waren uiteindelijk de schrale oogst.
De reis naar Kopenhagen verliep verder probleemloos. Ik meldde me daar op het station, omdat dat nou eenmaal de natuurlijke verzamelplaats voor dit soort reizigers is. Daar sloot ik al gauw vriendschap met andere ongedouchte globetrotters.
Twee weken sliep ik overal en nergens in de armen van een beeldschone, zes jaar oudere Canadese aan wie ik zo goed mogelijk niet liet merken dat ik nog helemaal niets van de liefde wist. Op hongerige avonden ging ik samen met haar blije liedjes bij de Jezus Movement meeblèren, omdat daar een maaltijd tegenover stond. Verder doolden we een middag door het toen al sterk verouderde Tivoli en bezochten we in totaal zeven keer de Carlsberg Brouwerij, omdat het na de rondleiding gratis drinken was. En ik schreef. Schriftjes vol woorden. Over idealen en vrede en gelijkheid en broederschap en liefde en Vietnam. Onschuldige weken. Een jongetje op ontdekkingsreis. Ontdekkingsreisje is een beter woord. En wat ontdekte ik? Mezelf?
Toen ik terugkwam, huilde mijn moeder lieve tranen.

Ik had haar ongerustheid niet begrepen. Nu wel. Of mijn zoon van zeventien alleen Europa in mag? Ik hoop dat hij het zijn moeder niet aandoet.
Maar de toon was gezet. Jaren heb ik amper treinen gezien. Liften was volkomen normaal. Niet alleen voor mij. Voor iedereen. Als je iemand vroeg: 'Hoe ga je er heen?' was het antwoord: 'Liften!' En dan heb ik het niet over vakanties. Liften was gewoon een van de vervoermiddelen naar overal en nergens.
Maar vooral de vakanties herinner ik me. Lekker lang liften en altijd alleen. Eenzaam? Juist niet. Als je met zijn tweeën bent, heb je geen reden om op zoek te gaan naar een tegenspreker. Je kabbelt en babbelt je gezellig door de drie weken heen. Dat is pas eenzaam. Maar als je werkelijk alleen bent, dan ga je na een dag of wat met jezelf praten, toch maar eens op zoek naar iemand anders. En het aardige is dat je dan vaak in gesprek raakt met mensen die ook om een praatje verlegen zitten. Types waar altijd wel iets aan los zit.
Want neemt u van mij aan: mensen die lange tijd alleen onderweg zijn, daar is vaak iets mee. Iets ergs? Integendeel. Het zijn individuen met wie je niet over de hypotheekrente hoeft te praten. En ook niet over aangeharkte gazonnetjes met daarop plastic tuinstoelen. Waarover dan wel? Meestal nergens over. Voor mij nog altijd de prettigste gesprekken.

Uit mijn duim (slot)

Vroeger heb ik het in mijn theaterprogramma's wel eens over Liften naar Parijs gehad. Volgens velen te vaak. Volgens mij niet vaak genoeg. Waarom niet? Omdat het natuurlijk niet om het letterlijke tripje naar de Franse hoofdstad gaat, maar om de manier van reizen, of liever: de manier van denken. Vertrekken en niet precies weten hoe laat je ergens aankomt, laat staan dat je weet waar je slaapt en nog belangrijker: met wie.
Ik riep het vooral in de tijd dat mijn hele generatie zich veilig nestelde in de doorzonwoning en twee keer per jaar een of andere voorgebakken confectievakantie van de firma Neckermann consumeerde. Toentertijd werd de sneeuwverzekering uitgevonden en hebben miljoenen soortgenoten zo'n polis afgesloten. Het is zo logisch dat mijn generatie massaal aan de Prozac is.
Van mijn zeventiende tot pakweg mijn vijfentwintigste jaar heb ik gelift, altijd in mijn eentje en die manier van reizen is belangrijk geweest voor de rest van mijn leven. De tijd tussen je zeventiende en vijfentwintigste is natuurlijk sowieso een essentiële periode. In die tijd

stel je jezelf de meeste vragen. En misschien ook wel de meeste voorwaarden. Ik weet nog zo goed hoe ik drie dagen lang met mezelf stond te worstelen bij Lyon, waar ik vanaf het drukste liftpunt van Europa probeerde weg te komen en ik zag hoe uitsluitend de mooie meisjes een lift kregen van hele dikke mannen in nog dikkere auto's.

Ik stelde mezelf zoveel vragen. Wat wilde ik? Wat moest ik wel en wat vooral niet doen. Wat was geluk? Waar vond je het? Bestond het wel? Reve doolde door mijn hoofd. Onbewust neuriede ik dag en nacht Dylan. Het werkelijke antwoord gaven de dikke mannen in de dikke auto's. Zo zat het.

Na mijn vijfentwintigste kreeg ik zelf een auto. Ik was als leerling met alles laat, dus ook met mijn rijbewijs. Overigens een van mijn twee gehaalde diploma's. Toen werd het een kwestie van lifters meenemen. Dat was je als ex-lifter aan je stand verplicht. Weemoedig reed ik ze meestal naar het zuiden. Doorgaans waren het rare doch vrolijke types. Bizarre gesprekken over alles. Nooit over werk. Dat laatste was iets waar een beetje lifter gezonde schijt aan had. Hoort ook bij die leeftijd. Wantrouw de drieëntwintigjarige die smult van het arbeidsproces en die het niet erg vindt om elke dag in een grijze kantoorkolos te verdwijnen.

Of ik nu nog zou willen liften? Nee. Ik denk dat het een beetje sneu zou zijn. Te oude man op de vluchtstrook. Hoewel? Als je het doet, moet je jezelf wel een aantal strenge regels opleggen. Beperkt geldbedrag mee, geen pinpas en geen mobiele telefoon en dan maar kijken waar het schip strandt. Maar als mensen mij zien staan, weten ze bijna zeker dat er een cameraploeg in de buurt is. Er is namelijk geen een BN'er die nog zoiets spontaans doet zonder dat het wordt gefilmd en uitgezonden.

Maar ik denk dat het mij niet meer zou lukken. Ook ik ben verpest door te veel luxe. Geld maakt nou eenmaal lui en gemakzuchtig. En ongelukkig, zegt men, maar daar heb ik tot nu toe weinig van gemerkt. Ik weet dat er een dag komt dat het in mijn hoofd begint te schemeren en dat ik in een dementenreservaat word opgesloten. Wedden dat ik dan wil liften? Misschien mag het wel van de bejaardenleidster en zorgt ze er voor dat er op het moment dat ik mijn duim opsteek een auto stopt. Een auto betaald door de zorgverzekering.

'Parijs,' zal ik stamelen, waarna ik mag instappen. Na een uurtje word ik weer bij de portier afgeleverd en heb ik een heerlijke middag gehad.

Maar zo ver is het nog lang niet. Voorlopig neem ik de lifters nog mee. Tenminste: als ze er nog staan. Ik moet wel toegeven dat ik ze niet allemaal meeneem. Eigenlijk uitsluitend mooie meiden. Mooie, verse, jonge, dartele, sprankelende meisjes. Waarom? Ik heb tegenwoordig een hele dikke auto.

Op voorwaarde dat je het niet opschrijft...

Mijn stamcafé. Een man vraagt of ik wat wil drinken. Ik zeg dat ik dat wel wil, op voorwaarde dat ik niet met hem hoef te praten. Heb namelijk een enorme hekel aan claimconsumpties. De ouwehoer biedt je een biertje aan en voor je het weet moet je twintig minuten naar zijn zouteloze gezever luisteren. Zo'n verhaal waar geen eind aan komt. Sterker nog: het had niet eens een begin. Wat kost een biertje? Twee euro? Dus voor tien cent per minuut ben je de klos. Daar ben ik echt te duur voor. Het zijn altijd verhalen waar je niks mee kunt. En als het een verhaal is dat wel bruikbaar is voor de krant of het toneel, dan zegt de verteller dat je het niet op mag schrijven. Meestal zegt hij dat voor hij begint.

'Op voorwaarde dat je het niet opschrijft' is een van de meest gehoorde regels in mijn leven. Ik zit aan een vrolijk etentje, het is diep in de nacht, dus er is flink gedronken, sterke verhalen tuimelen over elkaar en bij ieder nieuw sterk verhaal wordt er eerst naar mij gekeken. Op voorwaarde dat je het niet opschrijft! Ik beloof dat overigens nooit. Ik kijk altijd met een lichte glimlach. Een glimlach die niks zegt. Geen nee en zeker geen ja. Meestal is de verteller te dronken om mijn antwoord überhaupt te horen en steekt hij enthousiast van wal. Mij zijn al zo veel verhalen verteld onder voorwaarde dat ik het niet op mocht schrijven. Maar wat moet ik dan? Ik ben toch stukjesschrijver? Verhalenverteller? Ik moet mijn woorden toch van de straat schuimen?

Voorbeeld: Een vriendin van mij werkt op zo'n groot Amsterdams advocatenkantoor. Op zekere dag nam een van de oprichters, een uiterst ijdele man, afscheid. Meneer vond zelf dat hij wel een lintje had verdiend en zij moest dat regelen. Dat hij al een lintje had, was niet belangrijk. Ze moest een duurder lintje regelen. Zogenaamde vrienden moesten een brief aan Trix schrijven en daarin zijn maatschappelijke betekenis roemen. Niemand had er zin in. Ze hadden voor het vorige lintje al de halve wereld bij elkaar moeten liegen en hadden geen zin in een tweede keer. Zij vertelde dit keurig aan het feestvarken, dat kwaad werd. Buiten zinnen zelfs. Zij moest godverdomme een lintje voor hem regelen! Nee bestond niet in zijn ogen. Het werd een heel gedoe. Toen ze genoeg slijmjurken bij elkaar had, bleek dat de koningin ook niet zo'n zin had om deze ijdeltuit nog een keer te ridderen. Uiteindelijk, na heel veel gelobby en hulp van bevriende politici, kreeg ze het dan toch voor elkaar.

De avond van zijn afscheid volgde. Een knal van een

diner in het Concertgebouw. Honderden gasten. Tijdens het diner waren er een stuk of tien speeches. Louter lovende woorden, die hij glimmend van trots in ontvangst nam. Hij werd murw geprezen. Hij was fantastisch. Niet alleen een groot jurist, maar hij had ook altijd oog gehad voor de menselijke kant van de zaak. En hij was charitatief. Kon zichzelf goed wegcijferen. Hij was zo bescheiden. De laatste spreker eindigde met de tekst dat het Hare Majesteit de koningin heeft behaagd...

En toen gebeurde het ongelooflijke: Hij schoot vol! De tranen spatten uit zijn ogen. Hier had hij niet op gerekend. Wat een verrassing! In zijn emotionele dankwoord moest hij naar woorden zoeken, hij was overmand door emotie, hij had niet meer gedaan dan zijn best. Dat hij naar de woorden moest zoeken, overmand was door emotie en niet meer had gedaan dan zijn best, had zijn secretaresse twee dagen eerder uitgetypt. Hij kende de zorgvuldig geschreven toespraak werkelijk prachtig uit zijn hoofd.

De secretaresse is mijn vriendin, die dit allemaal vertelde en een gezonde hekel aan hem had. En eigenlijk zelf ook had willen speechen. Ze had dan ten overstaan van zijn voltallige familie, collega's en relaties willen vertellen dat hij in de vijf jaar dat ze voor hem werkte zeven pogingen had gedaan om zijn ouwe tong in haar jonge meisjesmond te proppen en dat ze door hem drie keer vol bij haar tieten was gepakt. En dat haar voorgangster om die reden ontslag had genomen. Vooral het verhaal van het lintje wilde ik graag opschrijven. Ze smeekte mij om het niet te doen. Ooit mocht het wel, maar niet toen. Toen was het te vers. Het was veertien dagen eerder gebeurd. Ik beloofde haar die avond dat ik er even mee zou wachten. Op voorwaarde dat ik even aan haar tieten mocht zitten. En ik heb haar beloofd dat ik de locaties zou veranderen, dus dat ik van Maastricht Amsterdam zou maken en van de plaatselijke schouwburg het Concertgebouw. Voor de goede orde: Maastricht is uiteraard een afleidingsmanoeuvre.

Zo krijg ik de hele dag verhalen die ik niet mag opschrijven. De pedagoog, die regelmatig in kranten en op televisie ontroerende en vooral verstandige adviezen geeft en ondertussen zijn thuisfront geestelijk mishandelt. En zijn kinderen zelfs schandelijk verwaarloost. Of het verhaal van de schoonvader van een vriend van mij, die zo radeloos rijk is dat alleen extreme dingen hem nog amuseren. Zeebodemgolfen en helikopterskiën zijn de dingen die hij nog doet. Geeuwend overigens. In het bordeel wil hij alleen nog kijken naar een lesbo-act. Zelfs het wippen vindt hij saai.

'Niet opschrijven, want mijn vrouw herkent het verhaal onmiddellijk en gaat dan bij me weg,' verzekerde hij mij in wanhoop en paniek. Nou heeft hij een muts van een vrouw en volgens mij is hij veel beter af zonder haar. Vandaar dat ik het nu toch opschrijf. Vriendendienst.

Andere vriendin vertelde mij onlangs een gênant erfenisverhaal. De pleuris die in een familie uitbrak over

een zeilbootje, een piano en een doosje sieraden. Een heel gezin aan gruzelementen. Niemand praat meer met elkaar. De overleden ouders liggen te janken in hun graf als ze zien welk zootje hun nazaten ervan gemaakt hebben. Het was een beeldschoon verhaal, uit bijna elke familie vol kleine zielen gegrepen, maar helaas... ik kreeg het verhaal onder voorwaarde dat ik het niet op zou schrijven...
Een voetballer vertelde mij ooit over een ingenieuze omkoping, maar ik moest beloven dat ik... De wielrenner sprak zeer open over hoe, wanneer en hoe vaak hij stimulerende rommel nam en legde uit waarom hij nooit gepakt is. Leerzame geschiedenis, maar helaas...
Zogenaamd rijke mensen die al jaren gegijzeld worden door hun hypotheek en nog geen pak vla in de koelkast van hun exorbitante villa hebben staan. En maar patsen in dat Wassenaar. Ik zou het zo graag opschrijven, al is het maar omdat zij geen uitzondering zijn. Maar ik heb indirect beloofd dat ik het niet zou noteren... Nooit echt beloofd. Nooit gezegd, alleen glimlachend gekeken. Maar ja, ik ben een nette jongen en voel me toch moreel verplicht tegenover mijn kennissen.
Een oude man vertelde mij ooit dat hij chauffeur was bij een minister en dat hij een rood vlaggetje moest spannen tussen twee bomen in de tuin. De vlag hing aan een touw en via katrollen kon de vlag bewegen. Hij moest 's ochtends om zes uur aan het touw trekken, zodat de vlag in een flink tempo van rechts naar links en andersom ging. En dan ging de minister er vanuit zijn

slaapkamerraam op schieten. In pyjama. Waarom? De minister was uitgenodigd door prins Bernhard om te gaan jagen en hij wilde geen pleefiguur slaan. Mooie tragiek. Welke minister? Mag ik niet zeggen van de chauffeur. Hoe lang geleden? Als ik dat zou zeggen, zou ik al te veel verraden. Ik ben nu al te ver gegaan. Ik heb beloofd dat ik... het is me onder voorwaarde verteld. Maar het is te mooi om niet te vertellen.

Wat ik met dit stuk wil zeggen? Nou, heel simpel. Dat u medelijden met me moet hebben. En niet alleen met mij, maar met alle columnisten. De echt leuke, uit het leven gegrepen zaken mogen we niet met onze lezers delen. Die moeten we voor ons houden. Als een politicus mij op een borreltje vertelt dat hij zich regelmatig laat sjorren door een uitgemergelde heroïnehoer, dan schrijf ik dat niet op. Privacykwestie. Johan Cruijff heeft mij laatst uitgelegd waarom hij de klus bij Ajax werkelijk afblies, maar ik heb beloofd het niet te vertellen. Louis van Gaal heeft mij laatst verteld waarom hij zich steeds vreemder gedraagt en hoe zijn ziekte officieel heet, maar ik heb gezegd dat ik het voor me zou houden. Het enige wat ik mag zeggen, is dat zijn monologen in de toekomst alleen maar langer zullen worden. Dat hoort bij de kwaal. En het eindigt met een megalomane actie. Er komt een dag dat hij wil dat Trix hem namens het hele Nederlandse volk excuses aanbiedt tijdens haar kersttoespraak. Rita Verdonk vertrouwde mij toe hoeveel de vastgoedmaffia haar zwart betaalt en dat het niet anders kan, omdat dat volk gewoon geen wit geld heeft. Ik heb beloofd het niet op te schrijven. Ik weet waar Natalee Holloway ligt begraven, waar de Engelse peuter Maddy woont en wie werkelijk schuldig is in de Deventer moordzaak. Maar ik kan het niet schrijven... Mevrouw Wilders heeft mij in vertrouwen verteld dat haar Geertje zijn haar helemaal niet blondeert, maar dat het een mysterieuze uitslag is. Haaruitslag. Komt door overmatig blank denken. Ik weet zo veel wat ik niet mag schrijven. Generaals hebben mij uitgelegd dat alle oorlogen zinloos zijn (soldaten wisten dat al) maar ik heb beloofd... kapelaans vertelden mij al tien jaar geleden dat ze misdienaars van twaalf absoluut te oud vinden... en god heeft mij onlangs verzekerd dat hij gewoon niet bestaat en ook nooit bestaan heeft onder geen enkele naam, hij is een verzinsel van de bange mens, maar hij vertelde me dat onder voorwaarde dat ik... het niet opschreef. Een milde regen trommelt op de ruiten van mijn werkkamer. Ja, laten we het over het weer hebben!

Tv begraven

Laat ik vooropstellen dat ik het volkomen terecht vind dat de crematie van Jan Wolkers *live* door de NOS is uitgezonden. Jan heeft mijn generatie leren lezen, neuken en leven. En toen hij oud en breekbaar was heeft hij ons uiterst amusant gewezen op de schoonheid van de laatste twee egeltjes, de hauwmossen en de radeloze boomschorsklever. Dus nogmaals: geen twijfel. Ook zonder ironie: Jan was een nationale figuur. Maar toen ik de crematiebeelden zag dacht ik toch: hier wordt niet alleen een schrijver en beeldend kunstenaar, maar ook nog eens een echtgenoot en vader gecremeerd. En moet je dit als familie willen? Dat er een camera op je huilende hoofd gericht wordt? Dat je tranen zichtbaar zijn voor Miep in Appelscha en Henk uit Lekkerkerk? Wil je je verdriet delen met die ongeletterde voyeurs, die in hun doorzonwoning hun WAO uit zitten te zitten. Want dat kijkt naar je uitvaart. Invaliden en bejaarden. Normale mensen zijn op woensdagmiddag aan het werk en hebben geen tijd voor de crematie van iemand die ze natuurlijk toch niet echt gekend hebben.

Bij Fortuyn en Van Gogh kon het niet anders. Bij beiden was het land volkomen in shock, maar ook toen dacht ik: raar amusement. Er werd erg op bijzaken gelet. Bij Pim dachten we allemaal: Wat doen ze met de hondjes en is Melkert er bij? En bij Theo keken we hoe dicht iemand bij de kist mocht. Hoe ver kwam Cohen? Bij mijn buurman Jos Brink was ik oprecht verbaasd over de heisa, maar ik begreep dat Jos niks liever wilde dan zo uitbundig naar zijn kuiltje te worden gedragen. Ook dit was live op de Amsterdamse dorpstelevisie. Je zag heel veel van Jos zijn *vrienden* zeer camerabewust rouwen. De ceremonie van Majoor Bosshardt was ook live, maar die heb ik echt gemist. Dat zal ongetwijfeld door de omroep MAX of de NCRV zijn uitgezonden en die mijd ik op mijn leeftijd nog even. Maar ook bij Jos en de majoor dacht ik: arme familie. Je brengt een dierbare weg en al die hufters loeren mee.
Ondertussen is het in mijn kringen (ik ben beroemd!) een discussiepunt. Ga je live naar je kuiltje of de oven in of hou je het klein? Vroeger was het discussiepunt *openbaar* of *besloten*, maar dat begrip is achterhaald en opgeschoven. Nu is het *live* of *niet live?* Mulisch twijfelt niet. Die gaat met de Gouden Koets en maakt daarmee een rijtoer door de stad. Maar wat doen we met Remco Campert? In mijn ogen een groot schrijver. Gaat hij live? En Paul de Leeuw? Hoop dat hij nog duizend jaar te leven heeft, maar als hem iets overkomt: mogen we meeloeren of niet? Wat hoopt Jeroen Krabbé in zijn geval? Sowieso een interessante vraag. Bij veel ijdele

BN'ers knaagt ongetwijfeld de vraag: haalt mijn heengaan de buis? Opeens zie ik een ijdeltuit tegen zijn vrouw zeggen: 'Ik ben niet zo lekker,' waarop zij hem aanraadt de dokter te bellen, maar hij antwoordt schaamteloos: 'Eerst de NOS!'

De gevaren van de stad

Een handleiding voor aankomende Amsterdamse studenten!

De gevaren van de stad. Of dat er veel zijn? Veel te veel. Je ouders zijn niet voor niets zo nerveus. Het barst hier van de drankzuchtige en zakkenrollende junks, die je pasje pikken en bij de eerste de beste poenautomaat je bankrekening zorgvuldig en behendig leegschrapen. En kijk ook uit als je zelf pint. Het gebeurt zo vaak dat je pasje gekopieerd wordt en iemand de volgende dag op jouw kosten naar de Bahama's afreist. Of dat er iemand het door jou gepinde geld graag overneemt. Hij grist het uit je handen. En hou de pincode voor jezelf. Ga op het toetsenbordje zitten en pin met een vinger onder je billen. Let ook op inbraak. Een gewoon slot is niet genoeg. Minimaal twee pensloten op de buitendeur, maar vergeet ook de deur van je kamer niet. Tip: schuif 's avonds je bed voor de gebarricadeerde deur van je kamer en reageer niet op de deurbel. Overdag eigenlijk ook niet. En let op de hoeren. Cohen en consorten hebben de Wallen schoongeveegd, maar prostitutie is een onuitroeibaar vak en daarom zijn de snollen verhuisd naar buurtcafés buiten de grachtengordel. Je denkt dat je in die leuke kroeg in West een vrolijke meid met een grappig Pools accent ontmoet, een mokkeltje dat met je mee naar huis wil voor een onbekommerde nacht, maar voor je het weet moet ze betaald worden en als je dat niet doet dan komt haar pooiervriendje met een paar kornuiten om je even stevig in elkaar te rossen. In de Intreeweek van vorig jaar waren er in de eerste twee dagen negentien verse studenten in elkaar gerost. Ik bedoel maar. Verder is het beter dat je binnen blijft als Ajax thuis speelt. Hooligans. Ze knakken lantaarnpalen, slaan kroegen kort en klein en leggen een knoop in de bovenleiding van de tram. En de nachtbus. Ga niet in de nachtbus. Vorig jaar zijn er alleen in de eerste maand eenenveertig meisjes verkracht en zeven zijn in handen van licht getinte loverboys gevallen. O ja: praat niet met mensen. Nooit. Als iemand je de weg vraagt dan moet je gewoon doorlopen en mensen die willen weten hoe laat het is zijn helemaal niet te vertrouwen. Die zijn uit op je mobiele telefoon of je horloge. Als je even je huis uit moet om iets eetbaars te kopen doe dat dan vlug. Capuchon op, geen contact maken, snel de supermarkt in en nog sneller er weer uit. En mijd gezellige eettentjes. Als je weet hoe ze daar het eten klaarmaken met hun ongewassen handen en... het bier is aangelengd. Aangelengd met... ik durf het niet te zeggen. Kortom: kijk uit. Of nog beter: Ga terug. Bel je ouders en zeg dat je je vergist hebt. Dat studeren niks voor je is. Dat Amsterdam een poel vol verderf is. Terug de trein in. O ja, nog even dit: als je terug naar papa en mama richting het station fietst: kijk uit dat je niet met je voorwiel in de tramrails komt.

Colofon

Bacteriën moeten ook leven van Youp van 't Hek werd in de herfst van 2008, in opdracht van Uitgeverij Thomas Rap te Amsterdam, gezet uit de Minion door CeevanWee, Amsterdam en gedrukt bij drukkerij Wöhrmann, Zutphen.

Omslagontwerp Rudo Hartman

De columns verschenen eerder in NRC *Handelsblad.*
Op voorwaarde dat je het niet opschrijft...verscheen eerder in *Hollands Diep.*
De gevaren van de stad verscheen eerder in ADAM
De column Góóól is nergens gepubliceerd en speciaal geschreven voor David Endt

ISBN 978 90 6005 741 4